MW00573171

EL HOMBRE DE NEGRO

COLECCIÓN ESTRELLA
Serie Terror

F. Marion Crawford
Porque la sangre es vida

★ ★ ★

DEL MISMO AUTOR

Nuevas mil y una noches
(Serie Aventuras)

Viajes por Hawai
(Colección Milenio)

R. L. Stevenson

EL HOMBRE DE NEGRO

Y OTRAS ABOMINACIONES

Selección y notas

JORGE A. SÁNCHEZ

EDICIONES ABRAXAS

Título original:
El hombre negro

© 2002 by Ediciones Abraxas

Traducción:
Miguel Giménez Saurina
Diseño gráfico:
Xurxo Campos

La presente edición es propiedad de
Ediciones Abraxas
Apdo. de Correos 24.224
08080 Barcelona, España
abraxas.s@btlink.net

Impreso en España/ Printed in Spain
ISBN: 84-95536-69-2
Depósito legal: B-33.884-2002

Impreso en
Limpergraf, S. A.
c./ Mogoda, 29-31
Poligon Industrial Can Salvatella
Barberà del Vallès, Barcelona

NOTA PRELIMINAR

EL ESPÍRITU DEL SIGLO

El siglo XIX, con su positivismo exacerbado y su énfasis en el realismo, provocó una reacción literaria proporcionada: la novela de aventuras. Ésta, con su deseo de evasión en el tiempo y el espacio, y también por el gusto en lo fantástico y lo exótico, se introdujo casi de puntillas en el movimiento neorromántico.

Y es principalmente en Inglaterra donde surgió antirrealismo, una rebelión contra la disciplina racionalista del régimen victoriano, reacción que confluye especialmente en la novela histórica. Y entre éstas, el predominio de la que podríamos llamar «geográfica», fomentada por exploraciones y conquistas, la intensificación del tráfico y el propio carácter inglés, muy propicio a percibir la voz de lejanos lagos y paisajes. El Oriente próximo ya había encontrado un elegante intérprete en Alexander William Kinglake (1809-91), autor de *Eothen*, y el explorador sir Richard Burton (1821-90), especialmente con su notable traducción de *Las mil y una noches*. A experiencias insulares y europeas se había limitado, en cambio, el extravagante filólogo George Borrow (1803-81), quien apasionó al público con el «exotismo» de su *Bible in Spain* y la vida de los gitanos; y el sacerdote Richard Jefferies (1848-87), quien se sumergió en el estudio de la vida animal y vegetal, estudios bien reflejados en el panteísmo ingenuo de su *Wood Magic* (1881).

Pero ninguno de estos autores tuvo, en realidad, la idea de la novela de aventuras propiamente dicha: el mérito de haber creado un genero literario llamado a alcanzar en nuestros días tan extraordinaria fortuna, corresponde a R. L. Stevenson, que supo fundir en un nuevo molde artístico elementos ya utilizados por sus predecesores y contemporáneos.

ESCRITOR Y VIAJERO

La vida de Robert Louis Balfour, mejor conocido como Robert Louis Stevenson, explica las características y, al mismo tiempo, las limitaciones de la obra en la que el prosista y el poeta, el ensayista y el narrador dominan otros tantos sectores de una personalidad única, delicada y señorial.

Nacido en Edimburgo el 13 de noviembre de 1850, hijo de un ingeniero y descendiente de puritanos, Robert tuvo una infancia feliz en el seno de una familia acomodada. Sin embargo, una salud precaria, heredada de su madre, obstaculizó sus estudios y más adelante condicionó su vida, impidiéndole llevar una vida normal.

No obstante, inició estudios de ingeniería, que pronto cambió por las leyes, convirtiéndose en abogado en 1875. Pronto, sin embargo, se inclinó por la literatura, comenzando a colaborar con distintos periódicos, colaboraciones que continuaron durante toda su vida.

No obstante su tuberculosis, fue un viajero inveterado, comenzando su carrera literaria con el relato de un viaje en canoa —junto a sir Walter Grindlay Simpson— por Bélgica y el norte de Francia, *An Inland Voyage* (1878), seguido inmediatamente por *Travels with a Donkey in the Cévennes* (1879) —el macizo central de Francia—, en los que se percibe un delicioso humor «sterniano»; a esta rama de su actividad (impresiones de viajes y lugares) se añadieron luego *The Silverado Squatters* (1884), donde se describe el Oeste californiano; e *In the South Seas* (1896), una recopilación de los cruceros de Stevenson en sus goletas *Casco* y *Equator*.

Es en uno de estos viajes que conoce, en una colonia de artistas cercana a Fontainebleau, a Frances [Fanny] Matilde Van der Grift Ousborne (1840-1914), una norteamericana divorciada con dos hijos, once años mayor que él, con quien se casó en 1889, y que fue su diligente esposa y amante enfermera hasta la muerte del escritor.

En 1891 hizo su aparición el ensayista, que recogió en un volumen artículos de moral y crítica literaria, publicados con anterioridad en revistas: *Virginibus puerisque* (1881); a éste le siguieron, sin interrupción, la miscelánea *Across the Plains* (1892), segunda parte del *Amateur Emigrant*. En sus ensayos, Stevenson dejaba adivinar al poeta, que no tardó en darse a conocer como sensible cantor del mundo de los niños en *A Child's Garden of Verses* (1885), para después ampliar esta actividad en los *Underwoods* (1887), escritos parte en ingles, parte en escocés, así como sus *Ballads* epilíricas. Y póstumamente se publicaron los *Song of Travels* (1895), donde, en breves dimensiones, glosa las horas vividas en todas las partes del mundo, una voz en verso que se distingue por la exactitud del tono y la sobriedad de la descripción, testimonio de la sensibilidad del enfermizo viajero.

Algunas de estas composiciones se parecen, curiosamente, a los haikus japoneses, y la crítica contemporánea —sus *Collected Poems*, editados por Janet Adam Smith, recién aparecen en 1950— ha hecho notar la similitud de estilo con otro gran poeta cuya obra en prosa ha eclipsado esa otra vertiente de su talento: Jorge Luis Borges. Veamos, por ejemplo, esta minúscula y precisa imagen de la lluvia salida de la pluma de Stevenson.

> *The rain is raining all around,*
> *it falls on field and tree,*
> *it rains on the umbrellas here,*
> *and on the ships at sea.*[1]

Como cuentista, a los cuatro años de haber publicado las *Nuevas mil y una noches*[2] (1882), entrega al público su considerada obra maestra: *The Strange Case of Dr. Jekyll and Mr. Hyde* (1886), relato simbólico que anticipa las ideas de Freud sobre el desdoblamiento de la personalidad. Vladimir Nabokov afirmó, en sus clases de Cornell, que «era una fábula del mismo orden artístico que *Madame Bovary*». Pero no son menos sugestivos los cuentos de *The Merry Men* (1887) —título que alude a las fuertes olas que rompen contra ciertos lugares de los acantilados de Escocia—, entre los cuales destacan el que da nombre al libro y «Will o' the Mill», «Markheim», «El hombre de negro» y «Olalla».

En la colección *Tales and Fantasies* (1905) sobresalen los relatos «The Misadventures of John Nicholson» y la macabra historia de «Los ladrones de cadáveres»; mientras que la lánguida atmósfera del Pacífico aparece en los *Island Nights' Entertainments* (1893), cuyo texto completo no sería publicado hasta 1984.

---

1 *La lluvia cae a todo alrededor, / cae sobre los campos y los árboles, / aquí llueve sobre los paraguas, / allí sobre las naves en el mar.*
2 En esta misma colección.

Como novelista, obtuvo su primer gran triunfo literario en 1883, con *La isla del tesoro (Treasure Island)*, que marca el nacimiento de la novela de aventuras. Su argumento, con la siniestra figura de Long John Silver,[3] es tan conocido, que parece superfluo resumirlo. Y en análoga dirección escribió, en colaboración con su hijastro Lloyd Osbourne,[4] *The Wrecker* (1892), cuya historia se origina en la misteriosa desaparición del barco *Wandering Minstril* en los mares del Sur.

Pero, entretanto, Stevenson había vuelto sus ojos a la historia escocesa, proyectando —sobre un fondo del siglo XVIII— tramas aventureras llenas de muertes, raptos y naufragios: *Kidnapped* (1886), *The Master of Ballantrae* (1889) y *Catriona*[5] (1893), secuela de *Kidnapped* y escrita en Samoa. Otras novelas, aunque de menor enjundia, son: *Prince Otto* (1885), *The Dynamiter* (1885) —en colaboración con Fanny—, *The Black Arrow* (1888), ambientada en la guerra de las Dos Rosas, y *The Wrong Box* (1889), en colaboración con Lloyd Osbourne, y llevada al cine por Peter Cook en 1966.

Sus últimas obras anuncian un cambio de registro, que su muerte vino a truncar: *The Ebb-Tide* (1894), también en colaboración con su hijastro, cuenta la decadencia de los blancos en el clima sofocante de la Polinesia; el incompleto *St. Yves* (1897), terminado por sir Arthur Quiller-Couch (mejor conocido con el seudónimo de «Q»), narra las aven-

3 El personaje estaba modelado a imagen y semejanza de W. E. Henley, amigo, colaborador y posterior enemigo de Stevenson, y se llamaba originalmente *The Sea-Cook*.
4 [Samuel] Lloyd Osbourne (1868-1947), hijo de Fanny, era un muchacho desgarbado, con gafas, que idolatraba a Stevenson y soñaba con seguir la carrera de escritor.
5 Publicada como *David Balfourd* en los EE. UU.

tura de un prisionero francés en Inglaterra. Y en *Weir of Hermiston* (1896), su intensidad de estilo hace suponer la pérdida irremediable de una obra maestra.

Sus obras dramáticas, menos conocidas, fueron escritas en colaboración con W. E. Henley: *Deacon Brodie* (1880), *Admiral Guinea* (1884), *Beau Austin* (1885) y *Robert Macaire* (1885), la más famosa, en que presenta a un bribón audaz, personaje ahora prototípico de la comedia inglesa.

Puede decirse que toda su obra se condensa en dieciséis tenaces años, siempre en lucha con sus males, obra que lo consolida como uno de los creadores más fecundos y tenaces de su siglo, al que sólo Joseph Conrad pudo superar.

Finalmente, minado por la tuberculosis, Stevenson emprende con su familia un viaje por el Pacífico meridional, su sueño de tantos años, atraído por la vida exótica y primitiva de las islas polinésicas; y así, tras un bienio de vagabundeos por aquellos mares, desembarca en Samoa.

Vive seis largos años en las islas, trabajando constantemente en varias obras en colaboración con Lloyd Osbourne, con quien compuso la mencionada *Weir of Hermiston* (1896), que quedó incompleta. Finalmente se estableció en la isla de Opulu (la principal de Samoa), en Apia, donde construyó una casa (Vailima) en una propiedad de unos 300 acres que había adquirido en 1890.

Y allí lo sorprende la muerte, el 5 diciembre de 1894, no por la tuberculosis sino por una repentina hemorragia cerebral, en su confortable refugio de Apia.[6] Los jefes de Samoa llevaron el ataúd de ese hombre frágil al que habían aprendido a querer y al que llamaban Tusitala («el Cuen-

---

6 El 5 de diciembre de 1994, exactamente cien años después de la muerte de Stevenson, Vailima abre sus puertas al público como el «Robert Louis Stevenson Museum».

tacuentos») a la cima del monte Vaea, donde yace bajo un monumento incansablemente visitado por los viajeros que se aventuran a aquellas lejanas islas.

El hombre de negro

Stevenson, su esposa y sus padres pasaron el verano de 1881 en una casita alquilada en los *highlanders*, cerca de Pitlochry, en Escocia. Pero el clima era excesivamente frío, húmedo y ventoso y, en consecuencia, se vieron obligados a pasar su tiempo en una pequeña y calefaccionada sala de estar. En su esfuerzo por aliviar el aburrimiento, Robert y Fanny escribían cuentos y se los leían uno al otro. Fue en estas circunstancias que «El hombre de negro» («Thrawn Janet»)[7] (1881), que James denominó «una obra maestra de trece páginas», tuvo su génesis.

Después de la muerte de su esposo, Fanny recordó la tarde en que Robert le leyó la historia por primera vez. «Esa tarde está tan clara en mi memoria como si hubiera sido ayer…, la mortecina luz de una bujía, con el olor acre de un pábilo que habíamos olvidado de apagar, las sombras que se extendían en los rincones, la lluvia que caía sobre el bajo techo sobre nuestras cabezas y la ventolera que sacudía las ventanas […] Por entonces el cuento estaba terminado y mi esposo estaba totalmente asustado de sí mismo, y bajábamos de las escaleras cogidos de la mano como dos niños espantados.»

Robert le dijo a Fanny: «Dudo de que sea suficientemente bueno como para que mi padre lo oiga». Stevenson

---

7 Su nombre castellano no es —al menos eso creemos— caprichoso, pues el relato debía integrar un libro, luego no publicado, que se llamaría *The Black Man and other stories*, título mucho más potable en cualquier idioma que no fuera el dialecto escocés.

tenía un gran respeto por las opiniones literarias del ingeniero civil e incluso permitió que *The Amateur Emigrant*, ya vendido a un editor, fuera reprobado por su padre y sólo se publicara póstumamente, pues éste pensaba que no sería bueno para la reputación de su hijo.[8] Pero, para sorpresa de Stevenson, a su padre le encantó aquel cuento, lleno de supersticiones escocesas, lo cual hizo que el escritor lo tomará más en serio. Años más tarde, Stevenson escribió: «"El hombre de negro" tiene dos defectos; es verdad sólo históricamente para la parroquia escocesa de los viejos días, pero no es verdad para la humanidad y el mundo. Las faltas del pobre señor Souli pueden ser igualmente reconocidos como virtudes…».

«El hombre de negro», escrito en dialecto escocés, es uno de los relatos más famosos de Stevenson, aunque poco conocido en castellano, quizá debido a las dificultades de la traducción. Estas historias de Escocia habían impactado mucho en Stevenson, quien había sufrido bajo el calvinismo y «sentía grandemente la influencia de dos movimientos que parecían minar la fe cristiana: el darwinismo y las nuevos análisis sobre las sagradas escrituras».[9]

«Los ladrones de cadáveres» (1884), como «El hombre de negro», es un cuento de fantasmas, pero de estilo y detalles no tan simples y auténticos como los del primer relato, y cuya fuerza principal —el estilo preconizado por Poe— radica en su sorprendente final. La idea partía de un tema

---

8 Fue un error, pues *The Amateur Emigrant* (1895), aunque algo menospreciado entre los libros de Stevenson, es una obra inteligente, escrita con un estilo vívido y sencillo; y en ella se describen las primeras impresiones de Norteamérica del aún joven escritor.
9 Paul Binding, en la Introducción a *Weir de Hermiston i altres relats*, Grijalbo, Barcelona, 1986.

que había dado muchos titulares a la prensa amarilla: la escasez de cuerpos para disección había desarrollado un negocio muy lucrativo: la venta de cadáveres, y su consiguiente consecuencia, el asesinato. Y sobre todo un caso había llamado poderosamente la atención pública: el del marino irlandés William Burke, que con su cómplice William Hare, ahogaban a sus víctimas y vendían sus cuerpos al doctor Robert Knox, un cirujano de Edimburgo. Un tema que fue llevado a la pantalla, en una excelente versión homónima de la RKO (1945), con Boris Karloff y Bela Lugosi en los papeles protagónicos.

Aunque «Markheim» (1885), lo mismo que *The Strange Case of Dr. Jekyll and Mr. Hyde*, parte de un sueño, no está construida con los mismos mimbres que la historia del médico de doble personalidad, sino que parece deber más al Raskolnikov de *Crimen y Castigo* (que Stevenson leyó en su versión francesa). No obstante, Stevenson también había leído mucho a Poe, en especial su incisivo relato «The Imp of the Perverse», que prefigura mucho de los esfuerzos de Dostoivski por iluminar el lado autodestructivo y perverso de la naturaleza humana. La extraña intensidad angustiosa de «Markheim» convierte al relato en una obra maestra, pero que se ve algo lastrado por un tufo de moralina, muy al gusto de la época, que lo debilita.[10]

En sus últimos años, cuando estaba establecido en Samoa, Stevenson publicó tres relatos de los mares del Sur, dos de los cuales, «La Isla de las Voces» y «El diablo de la botella», son dos bellas historias fantásticas, y «The Beach of Falesá»,

---

10 No obstante, como muy bien dice Jorge Luis Borges, su concepción del mal no era una concepción convencional, «para él el mal consistía ante todo en la crueldad gratuita» (*Borges, profesor* (ed. de Martín Arias y Martín Hadis), Emecé, Barcelona, 2002).

una verdadera obra maestra de estilo coloquial, aunque carente de elementos fantásticos.

«El diablo de la botella» es una historia que proviene directamente del folclore alemán. En una carta a Colvin,[11] Stevenson se quejaba (enero de 1893): «Usted siempre ha creído que yo despreciaba "El diablo de la botella"; no sé porqué, a mí siempre me gustó particularmente [...] es uno de mis mejores obras y difícil de igualar». Pero también dijo a Conan Doyle (agosto del mismo año): «He tenido la imprudencia de perpetrar una trivial obra de ficción titulada "El diablo de la botella"».

Lo cierto es que, poco después de publicado, el relato fue traducido al samoano. «Nos preguntábamos —recuerda Fanny— por qué tantos de nuestros visitantes nativos pedían ver nuestra caja de caudales en Vailima, y nos intrigaba su expresión de disgusto cuando le mostrábamos el interior y veían que contenía muy poco dinero. Más tarde descubrimos que era una creencia popular que Tusitala [Stevenson] aún poseía la botella mágica, y que la gran caja fuerte había sido traída a Vailima sólo para su protección.»

JORGE A. SÁNCHEZ

11 Sidney Colvin (1845-1927, crítico literario y de arte, quien alentó al joven Stevenson en sus primeros pasos literarios y luego fue su editor.

EL HOMBRE DE NEGRO*

El reverendo Murdoch Soulis fue durante muchos años ministro de la parroquia de Balweary, situada en un páramo junto al valle del Dule. Anciano de rostro enjuto, severo, temido por sus feligreses, vivió los últimos años de su vida, sin
parientes, sirvientes ni ninguna otra clase de compañía humana, en la pequeña y solitaria casa parroquial bajo el Hanging
Shaw. A pesar del aspecto férreo de sus facciones, su mirada
era insegura, asustada, incierta; y cuando se extendía, en admo-
nición privada, sobre el futuro del impenitente, parecía como
si sus ojos estuvieran contemplando, a través de las tormen-
tas del tiempo, los terrores de la eternidad. Muchos jóvenes,
que acudían a prepararse antes de comulgar, quedaban terri-
blemente afectados por las palabras del viejo párroco. Pro-
nunciaba todos los años un sermón sobre el versículo 5 párra-
fo 8 de la primera epístola de Pedro, «El demonio como
un león rugiente», destinado al domingo siguiente al 17 de
agosto, y acostumbraba a superarse a sí mismo en el texto,
tanto por el carácter horrendo del tema como por el espanto de su expresión en el púlpito. Los niños que sufrían ata-
ques de terror y los viejos, que parecían más fatídicos que
nunca, se pasaban todo aquel día pronunciando aquellas insi-

* Publicación original: *Cornhill Magazine*, octubre de 1881. Incluido en *The Merry
Mean and other Tales and Fables* (1887).

17

nuaciones que tanto desaprobaba Hamlet. La misma casa parroquial, que se alzaba cerca del río de Dule, a la sombra del Hanging Shaw por un lado, y por el otro cercada por numerosas y frías colinas cubiertas de árboles que se elevaban hacia el horizonte, había empezado, ya a comienzos del ministerio del señor Soulis, a ser evitada en las horas crepusculares por todos aquellos que eran prudentes; y los buenos vecinos sentados en la taberna del pueblo sacudían la cabeza y rezongaban ante la idea de pasar a hora tardía por aquella sobrecogedora vecindad. A decir verdad, había un sitio que miraban con un terror especial. La casa parroquial se hallaba entre la carretera y las aguas del Dule, con un altillo a cada lado; su espalda miraba hacia el caserío de Balweary, casi a media milla de distancia; enfrente, un jardín desnudo, con un seto de espinos, ocupaba el terreno que se extendía entre el río y la carretera. La casa era de dos pisos, con dos amplias habitaciones en cada uno. No se abría directamente al jardín, sino a un sendero o pasaje empedrado que daba a la carretera, en un lado, y quedaba cerrado, en el otro, por los altos sauces y saúcos que bordeaban el río. Y éste era el pedazo de tierra que gozaba entre jóvenes feligreses de Balweary de tan infame reputación. El ministro solía pasar por allí después de oscurecer, a veces gruñendo en voz alta en lugar de murmurar sus rezos, y cuando entraba en la casa y cerraba la puerta, los colegiales más atrevidos se aventuraban, con el corazón palpitante, a pasar corriendo, uno detrás de otro, a través de aquel lugar legendario.

Este ambiente de terror, rodeando, como lo hacía, a un ministro del Señor de carácter y ortodoxia irreprochables, era una causa común de asombro y tema de toda clase de preguntas entre los pocos extranjeros que por casualidad o por negocios llegaban a aquella región apartada y desconocida. Pero también muchos feligreses de aquella parroquia ignoraban los extraños acontecimientos que habían marcado el primer año del ministerio del señor Soulis, y entre los que estaban mejor informados algunos se mostraban reticentes y otros esquivaban ese tema. De vez en cuando, uno de los más viejos adquiría el valor suficiente, después del tercer vasito, y relataba la causa de la extraña mirada y la vida solitaria del reverendo.

Cincuenta años atrás, cuando el señor Soulis llegó a Balweary, era todavía joven —un galante mozo, decía la gente—, sabía mucho de letras y hacía una exposición magnífica, pero, como era natural, sin la menor experiencia de religión en la propia vida. Los más jóvenes estaban encantados con los dotes y la conversación del nuevo ministro del Señor; pero los mayores, los hombres y las mujeres más serios incluso rezaban por aquel joven pastor de almas, ya que creían que se engañaba a sí mismo, y pensaban que la parroquia no estaba bien atendida. La cosa sucedió antes de los días sosegados, ya muy remotos, pero las cosas malas son como la cizaña, que invade poco a poco, muy poco cada vez; y hasta había individuos que decían que el Señor había abandonado a los profesores del seminario a su aire, y que los jóvenes que estudiaban con ellos mejor hubieran estado sentados en una turbera, como sus antepasados de la persecución, con una Biblia ante los ojos y el espíritu de la oración en el corazón. Sin embargo, no había duda de que el señor Soulis había sido un buen estudiante en el seminario. Era muy cuidadoso y se ocupaba de muchas cosas aparte de las necesarias. Poseía un buen número de libros, más de los que nunca se habían visto en un presbiterio, que debían haber costado bastante acarrear hasta allí, puesto que todos estaban seguros de que habían llegado al Devil's Hag pasando entre éste y el Kilmackerlie. Seguro que eran libros sagrados, o al menos esto suponían, aunque las personas serias opinaban que el servicio parroquial no era muy bueno para ellos, cuando la palabra de Dios cabía en el pliegue de una manta. Además, el reverendo se pasaba la mitad de los días y la mitad de las noches, cosa que no era muy decente, escribiendo nada menos; y al principio todos se preguntaban por qué no les leía sus sermones en voz alta desde el púlpito; más tarde resultó que escribía un libro, cosa ciertamente impropia de un hombre de sus años y su poca experiencia.

Lo que necesitaba era una buena mujer y de cierta edad que le cuidara la casa y economizara el dinero, y así alguien le recomendó a una solterona, Janet M'Clour, dejando que él mismo se convenciera de su conveniencia. Pero muchos le aconsejaron en contra, ya que para la mejor gente de Balweary, Janet era altamente sospechosa. Cierto o no, se decía que había tenido un hijo con un soldado francés; no había acudido a la parroquia en casi treinta años, y unos niños la habían sorprendido murmurando consigo misma en Key's Loan, en el crepúsculo, lugar y momento poco convenientes para una mujer temerosa de Dios. Sin embargo, era el mismo terrateniente del lugar quien le había hablado de Janet al reverendo, y en aquellos tiempos, éste siempre deseaba complacer al terrateniente. Cuando la gente le dijo al reverendo que se sospechaba que Janet mantenía tratos con el diablo, respondió que eran unos supersticiosos, y cuando le hablaron de la Biblia y de la bruja de Endor, replicó que todo eran sólo bobadas y que afortunadamente el diablo ya había sido vencido.

Bien, cuando se supo en el pueblo que Janet McClour iba a entrar de criada en la casa parroquial, todos se enfurecieron con ella, y con el párroco también, y a unas cuantas buenas señoras no encontraron nada mejor que hacer que ir a golpear la puerta de Janet y acusarla de todo lo que se sabía de ella, desde el hijo con el soldado hasta las dos vacas de John Tamson. Janet no era muy habladora, y la gente usualmente no le daba ni los buenos días ni las buenas noches, y ella hacía lo mismo; pero cuando se decidió a hablar, demostró tener una lengua que hubiera hecho callar a un molinero. Fue animándose y no hubo ningún rumor, ninguna historia de Balweary que no sacara a relucir aquel día; por una cosa que decían, ella decía dos, hasta que al final las buenas mujeres se hartaron de ella, le desgarraron la ropa y la arrastraron por el pueblo hasta las aguas del Dule para ver si era una bruja o no lo era, si nadaba o se ahogaba. La palurda chillaba de manera que se la oía desde el Hanging Shaw, y luchó como diez; muchas de las mujeres todavía llevaban las marcas al día siguiente e incluso varios días después; y en medio del escándalo ¿quién se presentó (Dios lo haya perdonado), sino el nuevo ministro?

—Señoras —dijo (tenía una voz magnífica), os conmino en el nombre del Señor a que la dejéis en paz.

Janet corrió hacia él —estaba llena de terror— y lo abrazó, suplicándole que la salvara, por el amor de Cristo, de aquellas mujeres; pero ellas, por su parte, le dijeron al párroco que Janet era una bruja y quizá tal vez más.

—Mujer —le preguntó el reverendo—, ¿es verdad esto?

—Por el Señor que me ve, por el Señor que me hizo —replicó ella—, ni una sola palabra es verdad. Con excepción del niño —añadió—, toda la vida he sido una mujer decente.

—¿Deseas —tornó a preguntarle el señor Soulis— en el nombre de Dios, y ante mí, su humilde ministro, renunciar al demonio y a sus obras?

Al parecer, cuando el reverendo le formuló esta pregunta, ella dejó ver una mueca que atemorizó a cuantos la vieron, y todos oyeron cómo entrechocaba los dientes, pero no hubo nada más, ni en un sentido ni en otro: y Janet irguió la cabeza y renunció al demonio ante todos.

—Ahora —les aconsejó el señor Soulis a las buenas mujeres— idos a casa al instante, y rogad a Dios que perdone vuestros pecados.

Y ofreció su brazo a Janet, que llevaba poco más que la camisa, y la condujo por la calle hasta su morada como a una dama; y las risotadas y los gritos de Janet fueron un verdadero escándalo.

Muchas fueron las gentes serias que pasaron la noche rezando; pero cuando llegó la mañana un espanto general se abatió sobre Balweary, de modo que hasta los niños corrieron a esconderse, e incluso los hombres se quedaron en el umbral de sus casas, espiando. Porque allí estaba Janet descendiendo por la calle —ella o su imagen, eso nadie podía decirlo—, con el cuello torcido y la cabeza caída a un lado, como un cuerpo que ha sido ahorcado, y una mueca en su rostro como el de un cadáver todavía no preparado para ser enterrado. Sin embargo, poco a poco fueron todos acostumbrándose a ello e incluso los que se burlaban se atrevieron a preguntarle qué le ocurría; pero a partir de aquel día Janet no pudo hablar como una mujer cristiana, sino que babeaba y hacía entrechocar sus dientes como unas tijeras; y desde aquel día jamás se asomó a sus labios el nombre de Dios. Y aunque a veces lo intentaba, no podía hacerlo. Los que más sabían eran los que menos hablaban, pero no volvieron a llamar a aquella Cosa con el nombre de Janet McClour; porque la vieja Janet, según ellos, desde aquel mismo día, estaba en el verdadero infierno. Pero el reverendo estaba furioso; siempre que predicaba decía que por culpa de la crueldad de los habitantes del pueblo Janet sufría un ataque de parálisis: ahuyentaba a los niños que la molestaban, y aquella misma noche la instaló en la casa parroquial, viviendo allí en soledad, bajo el Hanging Shaw.

Bien, el tiempo fue transcurriendo, y la gente empezó a pensar menos en aquel oscuro asunto. El reverendo no parecía hallarse tan perturbado, ya que, por ejemplo, escribía hasta muy tarde, y la gente veía una vela encendida en la casa parroquial tan próxima al río Dule hasta pasada la medianoche; parecía muy complacido consigo mismo y no tan desconcertado como al principio, aunque un observador habría adivinado que estaba un poco trastornado. Por su parte, Janet había empeorado; si antes hablaba poco, ahora existía, naturalmente, un motivo para que hablara menos: no se metía con nadie, pero era algo muy penoso de ver y nadie hubiera osado irritarla por nada del mundo.

A finales de julio se produjo un cambio de tiempo, como nadie recordaba en aquella región; un tiempo de una calma y un calor bochornosos; el ganado no podía ser llevado a la Colina Negra, los niños se fatigaban en sus juegos; y también había fuertes vendavales, y ráfagas de un viento caliente se sentían retumbar en las gargantas, junto a chaparrones que apenas humedecían el suelo. Esperábamos todos oír tronar por las mañanas, pero una mañana venía, y luego otra y otra, y el tiempo seguía siendo el mismo, agotando a hombres y a bestias. Pero con esto nadie sufría tanto como el señor Soulis, que no podía dormir ni comer, según les contaba a sus superiores, y cuando no estaba escribiendo su tan prolijo libro, vagabundeaba por el campo como un hombre poseído, puesto que ningún visitante acudía a visitarle.

Más arriba de Hanging Shaw, en el camino de la Colina Negra, hay un terreno cercado por una verja de hierro, y al parecer, en tiempos antiguos fue el cementerio de Balweary, consagrado por los papistas antes de que la bendita luz anglicana brillase sobre el reino. Con todo, era allí adonde solía dirigirse el reverendo Soulis; allí se sentaba y componía sus sermones; oh, sí, es un pedazo de tierra maravilloso. Bien, cuando un día, durante su paseo, estaba ya cerca de la Colina Negra, divisó primero dos, luego, cuatro y después hasta siete cuervos que revoloteaban alrededor del viejo cementerio. Volaban alto y lentamente, chillando sin cesar; el reverendo Soulis comprendió que pasaba algo extraño. No se asustaba fácilmente y se acercó a la cerca; y allí descubrió a un hombre, o la apariencia de un hombre, sentado sobre una tumba. Era de gran estatura, tan negro como el infierno, y tenía ojos muy singulares.★ El señor Soulis había oído hablar del hombre de negro más de una vez, pero en este hombre de negro había algo extraño que le acobardaba. Pese al calor reinante, sintió que una especie de escalofrío en la médula de sus huesos; pero sobreponiéndose al fin, le dirigió al hombre de negro estas palabras:

—Amigo mío ¿es usted forastero en este lugar?

El hombre de negro no respondió ni una sola palabra; se puso de pie y comenzó a correr hacia el muro del costado alejado, sin apartar los ojos del reverendo; y el ministro del Señor le devolvió la mirada, hasta que al cabo de un minuto, el hombre de negro, que había saltado la cerca, echó

★ Es una creencia común en Escocia que el demonio se aparece en forma de un hombre de negro. Apareció en varios procesos contra las brujas y yo recuerdo los *Memorials* de Law, esa deliciosa colección de lo espeluznante y lo pintoresco. [RLS]

a correr hacia el refugio de los árboles. El señor Soulis, sin apenas saber por qué, corrió tras él, pero estaba demasiado fatigado, y la caminata y aquel tiempo tan caluroso e insalubre; y, por más que corrió, sólo acertó a vislumbrar al hombre de negro entre los abedules, hasta que por fin llegó a la falda de la colina y allí le vio una vez más cuando atravesaba a saltos las aguas del río Dule, en dirección a la casa parroquial.

Al señor Soulis no le gustó que aquel vagabundo se dirigiese a la casa parroquial de Balweary; por lo que apretó el paso y, mojándose los zapatos, atravesó el arroyo; pero desde el sendero empedrado que pasaba delante de la casa no se veía ni rastro del hombre de negro; lo buscó por el jardín, pero nada, no había allí nada negro. Al final, aunque estaba un poco asustado, el reverendo empujó la puerta y entró en la casa parroquial; y allí estaba Janet McClour, delante de él, con el cuello torcido como de costumbre, sin parecer contenta de verlo. Y después siempre recordó que, al verla, había sentido el mismo escalofrío helado y terrible.

—Janet —le preguntó— ¿no has visto a un hombre de negro?

—¡Un hombre de negro! —exclamó ella—. ¡Dios nos proteja! Usted es no está bien, reverendo. No hay ningún hombre de negro en Balweary.

Pero no hablaba claro, sino que mascullaba como un poney con el bocado muy apretado.

—Bien —dijo el reverendo—, Janet, si no hay ningún hombre de negro yo he hablado con el Acusador de la Fraternidad.

Tomó asiento como presa de un ataque de fiebre, los dientes castañeteando dentro de su cabeza.

—Vaya —se indignó Janet—, debería estar avergonzado de decir algo así, reverendo —y le dio un vasito de brandy que siempre tenía a mano.

Poco después, el señor Soulis ya estaba en su despacho, entre sus libros. Era una habitación larga, baja y oscura, más fría que el hielo en invierno, y llena de humedad, no obstante, incluso en pleno verano, a causa de la proximidad del río. Se sentó, pues, y recordó cuanto le había sucedido desde que estaba en Balweary, y luego en los días de su infancia cuando correteaba por la montaña; pero aquel hombre de negro estaba grabado en su cerebro como una de esas melodías tan pegadizas. Y cuanto más meditaba, más pensaba en el hombre de negro. Intentó rezar, pero las palabras no acudieron a sus labios; intentó trabajar en su libro, pero tampoco le fue posible hacerlo. A veces le parecía que el hombre de negro estaba a su lado y se sentía empapado por un sudor frío como el agua de un pozo; y a veces volvía en sí como un niño bautizado y no recordaba nada.

Al final se levantó y se acercó a la ventana, donde se quedó contemplando un rato el Dule. Los árboles eran muy gruesos y el agua corría muy honda y negra bajo la casa parroquial, y allí estaba Janet lavando la ropa, las faldas arremangadas. Estaba de espaldas al reverendo, el cual, por su parte, apenas sabía lo que miraba. De repente, ella se volvió, dejando ver su cara; el señor Soulis experimentó la misma ingrata sensación que había sentido dos veces ese día, y eso le hizo recordar lo que murmuraba la gente, que Janet había muerto hace años y que era un espectro que vivía dentro de su carne fría y muerta. Retrocedió un paso y la examinó atentamente. La mujer lavaba las ropas y canturreaba al mismo tiempo, y ay, que el Cielo nos ampare, ¡pero qué cara tan espantosa tenía! A veces cantaba más alto, pero no había hombre ni mujer que hubiera podido reconocer las palabras de la canción; y a veces miraba hacia un costado, aunque allí no había nada que mirar. El reverendo sintió que un singular escalofrío le recorría el cuerpo hasta los huesos, como una advertencia del Cielo. Pero el señor Soulis se dijo que la culpa la tenía él, por pensar esto de una pobre vieja afligida que no tenía más amigos que él mismo y tomó un sorbo de agua fresca —su corazón se negaba a comer—, y se dirigió a su desnudo lecho envuelto en el crepúsculo.

Aquella noche jamás será olvidada en Balweary, la noche del 17 de agosto de 1712. Como ya he dicho, el calor era implacable, pero aquella noche hacía más calor que nunca. El sol se había escondido entre unas nubes muy extrañas; y el cielo estaba más negro que la pez; ni una estrella, ni un soplo de aire; no se podía ver la mano delante de los ojos, y hasta los ancianos habían quitado las mantas de sus lechos y yacían sin apenas poder respirar. A causa de sus pensamientos, era muy difícil que el señor Soulis pudiera conciliar el sueño. No hacía más que dar vueltas en la cama, sudado hasta los huesos; ora dormitaba, ora estaba despierto, ora escuchaba las campanas de la hora, y ora oía un perro que aullaba allí arriba, sobre el brezal, como si hubiera muerto alguien; y ora pensaba que oía fantasmas que le susurraban en los oídos, ora veía fuegos fatuos en la habitación. Pensó que estaba enfermo; y ciertamente lo estaba... si bien ignoraba de qué sufría.

Al final, pudo ver las cosas con más claridad, se incorporó y se sentó junto a la cama, con su camisa de dormir, y volvió a meditar una vez más en el hombre de negro y en Janet. No sabía cómo, quizá fuese el frío del suelo bajo los pies, pero de repente estuvo seguro de que existía una relación entre los dos, y que uno o ambos eran fantasmas. Y justo en aquel momento, en la habitación de Janet, que estaba contigua a la suya, hubo un revuelo de pies como si unos hombres lucharan, y luego un fuerte golpe; a continuación una ráfaga de viento recorrió toda la casa y de pronto volvió a reinar un silencio sepulcral.

El señor Soulis no temía ni a los hombres ni al diablo. Cogió su palmatoria, encendió la vela y avanzó los tres pasos necesarios para llegar a la puerta de Janet. No estaba cerrada con llave, por lo que se limitó a empujarla y mirar dentro sin ningún tipo de escrúpulo. Era una estancia espaciosa, tan grande como la del reverendo mismo, llena de muebles viejos y sólidos, puesto que el párroco no los tenía de otra clase. Había una cama de cuatro columnas con un antiguo dosel y viejos cortinados; un armario de roble atestado de libros sagrados, puestos allí para que no estorbaran, y aquí y allí, en el suelo, había varias prendas pertenecientes a Janet. Pero el reverendo no vio a Janet, ni tampoco señales de lucha alguna. Entró (cosa que muy pocos habrían hecho), miró a su alrededor y prestó oído atento. Pero no había nada que oír, ni en la casa ni en la parroquia de Balweary, ni nada por ver, aparte de las sombras que rodeaban a la palmatoria. Y de pronto, el corazón del reverendo latió con más fuerza, de modo que se quedó inmóvil; y sintió que un viento frío soplaba entre sus cabellos. ¡Qué espectáculo más espantoso vio el pobre hombre! Porque allí estaba Janet, colgando de un clavo al lado del viejo armario de roble; la cabeza descansaba como siempre en el hombro, sus ojos desorbitados, la lengua asomando entre sus labios y sus pies a dos palmos del suelo.

—¡Dios nos perdone! —exclamó el reverendo Soulis—. ¡La pobre Janet ha muerto!

Dio un paso hacia el cadáver y su corazón volvió a latirle fuertemente en el pecho, porque aún siendo imposible, la mujer colgaba de un solo clavo y pendía de un hilo muy frágil al parecer.

Era una cosa terrible, encontrarse solo en medio de los prodigios de la oscuridad; pero el reverendo Soulis creía firmemente en el Señor. Dio media vuelta y salió de la habitación, cerrando la puerta con llave a sus espaldas. Luego bajó por la escalera peldaño a peldaño, tan pesado como el plomo, y dejó la palmatoria sobre la mesa, al pie de la escalera. No podía rezar, no podía pensar, estaba bañado en un sudor frío y solamente oía los agitados latidos de su corazón. Tal vez permaneció en este estado una hora o tal vez dos, cosa que no recordaba muy bien, cuando de súbito oyó un ruido leve y sobrenatural escaleras arriba; un pie iba y venía de un lado a otro en la habitación donde colgaba el cadáver; bien, quizás la puerta estuviera abierta a pesar de que recordaba claramente haberla cerrado con llave. Luego resonó un paso en el rellano y le pareció que el cadáver miraba en su dirección asomado a la barandilla.

El reverendo volvió coger la palmatoria (porque necesitaba luz) y, tan quedamente como pudo, salió de la casa en dirección al final del camino. La noche era aún muy oscura: la llama de la vela, cuando dejó la palmatoria en el suelo, resplandeció con la misma claridad que en una habitación; nada se movía, salvo las aguas del Dule que bajaban llorando por el prado, y era posible escuchar los horrorosos pasos que bajaban dificultosamente por la escalera de la casa parroquial. Bien sabía él de quién eran aquellos pies, pues era el paso de Janet, y también sabía que cada uno la acercaba más a él, de manera que el frío pareció crecer de nuevo en sus entrañas. Encomendó su alma a Aquel que lo había creado y protegía; y dijo:

—¡Oh, Señor, dame fuerzas para que esta noche pueda combatir a los poderes del mal!

En ese momento el pie ya se movía por el corredor que iba a la puerta; el reverendo oía una mano que rozaba las paredes, como si aquella cosa horrorosa tanteara su camino. Un largo suspiro pasó sobre las colinas y el aire hizo vacilar la llama de la palmatoria; y allí estaba el cadáver de Janet la Torcida, el cabello anudado sobre la nuca, su camisón y su gorro de dormir, con la cabeza apoyada en el hombro y la habitual mueca de su cara —viva, podría decirse, o muerta, que bien lo sabía el señor Soulis, que estaba arrodillado— en el umbral de la casa parroquial.

Es una cosa muy extraña que el alma humana esté tan estrechamente ligada a su cuerpo perecedero; pero el párroco lo vio y no se le partió el corazón.

La mujer no estuvo mucho tiempo inmóvil, a su vez, sino que empezó a avanzar lentamente hacia donde el señor Soulis la esperaba bajo los sauces. En ojos del reverendo brillaba la vida de su cuerpo y la energía de su espíritu. Parecía que ella iba a hablar, pero al faltarle las palabras hizo una seña con la mano izquierda. Sopló una fuerte ráfaga de viento, como el bufido de un gato; la vela se apagó y los árboles chillaron como personas; y el reverendo Soulis, arrodillado como estaba, pensó que viva o muerta había llegado el fin de todo.

—¡Bruja, tarasca o demonio —gritó—, te conjuro, en el nombre de Dios: si estás muerta, a que bajes al sepulcro; y si estás condenada, al infierno!

Y en el mismo momento, la mano del Señor surgiendo del Cielo azotó al Horror allí donde estaba; el viejo cuerpo muerto y profanado de la criada-bruja, tantos años mantenido fuera de la tumba, ayudado por los demonios, cayó como una masa inerte y se redujo a cenizas en el suelo; resonó el trueno una y otra vez, y la lluvia se abatió sobre la tierra; y el señor Soulis saltó el seto del jardín y echó a correr, gritando y chillando, hacia el pueblo.

Aquella misma mañana, John Christie vio al Hombre de Negro pasar por el Muckle Cairn poco antes de las seis; antes de las ocho, volvió a verlo en la granja de Kockdow; y poco después Sand McLellan también lo divisó muy cerca de las estribaciones del Kilmackerlie. No había duda de que era él quien había morado en el cuerpo de Janet; pero al final se cansó de ello y desde entonces nunca más volvió a ser visto en Balweary.

Pero fue un largo calvario para el reverendo; durante, mucho, mucho tiempo guardó cama, delirando; y desde aquel día hasta hoy fue el hombre que ahora conocemos.

Título original:
Thrawn Janet

LOS LADRONES DE CADÁVERES*

Todas las noches del año, los cuatro nos sentábamos en el pequeño reservado en el *George* de Debenham: el empresario de pompas fúnebres, el posadero, Fettes y yo. A veces había más gente; pero tanto si hacía viento como si no, lloviera o nevara o cayera una helada, los cuatro nos instalábamos en nuestros respectivos sillones. Fettes era un viejo borrachín escocés, sin duda de buena educación, y también acomodado, porque vivía en el ocio. Había llegado a Debenham años atrás, todavía joven, y por la simple permanencia se había convertido en hijo adoptivo del pueblo. Su capa azul de camelote[1] era una antigüedad local, igual que la torre de la iglesia. Su sitio fijo en el reservado del *George*, su ausencia de la iglesia y sus viejos, crapulosos y deshonestos vicios eran cosas de todos sabidas en Debenham. Tenía algunas opiniones vagamente radicales y cierto pasajero escepticismo religioso que sacaba a relucir periódicamente, dando énfasis a sus palabras con imprecisos manotazos sobre la mesa. Bebía ron... cinco vasos regularmente todas las veladas; y durante la mayor parte de su nocturna visita al *George*, siempre con el vaso de ron en la mano derecha, permanecía en un estado de melancólica saturación

---

* Publicación original: *Pall Mall Christmas «Extra» 13*, diciembre de 1884. Incluido en *Tales and Fantasies*, 1905.
1 Rico tejido oriental que originalmente se hacía con lana de camello. T.]

alcohólica. Le llamábamos el Doctor, porque se le atribuían ciertos conocimientos de medicina, y se sabía que, en casos de emergencia, había entablillado una fractura o reducido una dislocación; pero, al margen de estos pocos detalles, no sabíamos nada sobre su carácter y antecedentes.

Una oscura noche de invierno —habían dado las nueve algo antes de que el posadero se reuniera con nosotros— fuimos informados de que un gran terrateniente de los alrededores se había sufrido un ataque de apoplejía en el *George* cuando iba de camino hacia el Parlamento; y por telégrafo se había solicitado la presencia, a la cabecera del gran hombre, de su médico de la capital, personaje todavía más famoso. Era la primera vez que pasaba una cosa así en Debenham, pues hacía poco tiempo que se había inaugurado el ferrocarril, y todos estábamos convenientemente impresionados.

—Ha llegado —dijo el posadero, después de llenar y de encender su pipa.

—¿Quién?—dije yo—. ¿El médico?

—Precisamente —contestó nuestro posadero.

—¿Cómo se llama?

—Doctor Macfarlane —dijo el hombre.

Fettes estaba acabando su tercer vaso, sumido ya en el estupor de la borrachera, unas veces asintiendo con la cabeza, otras con la mirada perdida en el vacío; pero con el sonido de las últimas palabras pareció despertarse y repitió «Macfarlane» dos veces: la primera con el tono adecuado, pero con repentina emoción la segunda.

—Sí —dijo el posadero—, así se llama: doctor Wolfe Macfarlane.

Fettes se despejó de inmediato; sus ojos se aclararon, su voz se hizo más firme y sus palabras más vigorosas y graves.

Todos nos quedamos muy sorprendidos ante aquella transformación, porque era como si un hombre hubiera resucitado de entre los muertos.

—Les ruego que me disculpen —dijo—, pero me temo que no prestaba atención a sus palabras. ¿Quién es ese tal Wolfe Macfarlane? —Y añadió, después de oír las explicaciones del posadero—: No puede ser, no puede ser; y, sin embargo, me gustaría ver a ese hombre cara a cara.

—¿Lo conoce usted, Doctor? —preguntó boquiabierto el empresario de pompas fúnebres.

—¡Dios no lo quiera! —fue la respuesta—. Y, sin embargo, el nombre es bastante extraño; sería curioso que hubiera dos. Dígame, posadero, ¿se trata de un hombre viejo?

—Bueno —dijo el hombre—, no es un hombre joven, desde luego, y tiene el pelo blanco; pero parece más joven que usted.

—Es mayor que yo, sin embargo; varios años mayor. Pero —dando un manotazo sobre la mesa— es el ron lo que ve usted en mi cara… ron y pecado. Este hombre, quizá, tenga una conciencia más fácil de contentar y haga bien las digestiones. ¡Conciencia! Qué cosas digo. Imaginarán ustedes que yo era un viejo y un buen cristiano, ¿no es cierto? Pues no, yo no; nunca he sido hipócrita. Voltaire hubiera sido hipócrita si hubiera estado en mis zapatos; pero, aunque mi cerebro —y procedió a darse un manotazo sobre la calva—, aunque mi cerebro funcionaba perfectamente, no saqué ninguna conclusión de las cosas que vi.

—Si este doctor es quien usted conoce —me aventuré a apuntar, después de una pausa bastante penosa—, ¿debemos deducir que no comparte la buena opinión del posadero?

Fettes no me hizo el menor caso.

—Sí —dijo, con repentina decisión—, tengo que verlo cara a cara.

Se produjo otra pausa, y luego una puerta se cerró con cierta violencia en el primer piso y se oyeron pasos en la escalera.

—Es el doctor —exclamó el posadero—. Si se da prisa podrá alcanzarlo.

No había más que dos pasos desde el pequeño reservado a la puerta de la vieja posada *George*; la amplia escalera de roble terminaba casi en la calle; entre el umbral y el último peldaño no había sitio más que para una alfombra turca; pero este pequeño espacio estaba brillantemente iluminado todas las noches, no sólo gracias a la luz de la escalera y al gran farol debajo del nombre de la posada, sino también debido al cálido resplandor que salía por la ventana de la cantina. El *George* llamaba así convenientemente la atención de los que cruzaban por las frías calles. Fettes llegó sin vacilaciones hasta el diminuto vestíbulo, y los demás, quedándonos un tanto retrasados, nos dispusimos a presenciar el encuentro entre aquellos dos hombres, encuentro que uno de ellos había definido como de cara a cara. El doctor Macfarlane era un hombre alerta y vigoroso. Sus cabellos blancos servían para resaltar la calma y la palidez de su rostro, nada desprovisto de energía por otra parte. Iba elegantemente vestido con fino paño de lana y camisa de lino muy blanca, y lucía una gruesa cadena de oro para el reloj, y gemelos y anteojos del mismo metal precioso. La corbata, ancha y con muchos pliegues, era blanca con lunares de color lila, y llevaba al brazo un confortable abrigo de pieles para el viaje. No hay duda de que lograba dar dignidad a sus años envuelto en aquella atmósfera de riqueza y consideración; y no dejaba de ser todo un contraste sorprendente ver a nuestro borrachín —calvo, sucio, lleno de granos y arropado en su vieja capa azul de camelote— enfrentarse con él al pie de las escaleras.

—¡Macfarlane! —dijo con voz resonante, más propia de un heraldo que de un amigo.

El gran doctor se detuvo bruscamente en el cuarto escalón, como si la familiaridad de aquel saludo sorprendiera y en cierto modo ofendiera su dignidad.

—¡Toddy Macfarlane! —repitió Fettes.

El londinense casi se tambaleó. Lanzó una mirada rapidísima al hombre que tenía delante, volvió hacia atrás unos ojos atemorizados y luego susurró con voz llena de sorpresa:

—¡Fettes! ¡Tú!

—¡Yo, sí! —dijo el otro—. ¿Creías que también yo estaba muerto? No resulta tan fácil dar por terminada nuestra relación.

—¡Calla, por favor! —exclamó el médico—. ¡Calla! Este encuentro es tan inesperado... Ya veo que no has cambiado. Confieso que al principio casi no te reconocí; pero me alegro mucho... me alegro mucho de tener esta oportunidad. Hoy sólo vamos a poder decimos hola y adiós, pues me espera el calesín y tengo que coger el tren; pero debes... veamos, sí... debes darme tu dirección y te aseguro que tendrás muy pronto noticias mías. Hemos de hacer algo por ti, Fettes. Mucho me temo que estás algo apurado; pero ya nos ocuparemos de eso «en recuerdo de los buenos tiempos», como solíamos cantar durante nuestras cenas.

—¡Dinero! —exclamó Fettes— ¡Dinero tuyo! El dinero que me diste estará todavía donde lo arrojé aquella noche de lluvia.

Hablando, el doctor Macfarlane había conseguido recobrar un cierto grado de superioridad y confianza en sí mismo, pero la desacostumbrada energía de aquella negativa lo sumió de nuevo en su primera confusión.

Una horrible y desagradable gesto atravesó por un momento sus facciones casi venerables.

—Mi querido amigo —dijo—, haz como gustes; nada más lejos de mi intención que ofenderte. No quisiera entrometerme. Pero, sin embargo, te dejaré mi dirección...

—No me la des..., no deseo saber cuál es el techo que te cobija —le interrumpió el otro—. Oí tu nombre; temí que fueras tú; quería saber si, después de todo, existe un Dios; ahora ya sé que no. ¡Lárgate de aquí!

Pero Fettes seguía en el centro de la alfombra, entre la escalera y la puerta; y para escapar, el gran médico londinense iba a verse obligado a dar un rodeo. Estaban claras sus vacilaciones ante lo que a todas luces consideraba una humillación. A pesar de su palidez, había un brillo amenazador en sus gafas; pero, mientras seguía sin decidirse, advirtió que el cochero de su calesín contemplaba con interés desde la calle aquella escena tan poco común y vislumbró también cómo le mirábamos los del pequeño grupo del reservado, apiñados en el rincón más próximo a la barra. La presencia de tantos testigos le decidió a emprender la huida. Se arrastró, rozando el revestimiento de madera de la pared, y luego se dirigió hacia la puerta con la velocidad de una serpiente. Pero sus tribulaciones no habían terminado aún, porque antes de salir Fettes lo cogió del brazo y, de sus labios, aunque en un susurro, salieron con toda claridad estas palabras:

—¿Has vuelto a verlo?

El famoso y rico doctor londinense dejó escapar un grito agudo y sofocado, dio un empujón al que así lo interrogaba y, con las manos sobre la cabeza, huyó como un ladrón con las manos en la masa. Antes de que a ninguno de nosotros se nos ocurriera hacer el menor movimiento, el calesín traqueteaba ya camino de la estación. La escena había terminado como un sueño, pero aquel sueño había dejado pruebas y rastros de su paso. Al día siguiente, la criada encontró las gafas de oro rotas en el umbral, y aquella noche todos permanecimos en pie, sin aliento, junto a la ventana de la cantina, con Fettes a nuestro lado, sobrio, pálido y con aire decidido.

—¡Que Dios nos proteja, señor Fettes! —dijo el posadero, al ser el primero en recobrar el uso normal de sus facultades—. ¿A qué obedece todo esto? Son cosas bien extrañas las que usted ha dicho...

Fettes se volvió hacia nosotros; nos fue mirando a la cara sucesivamente.

—Procuren tener la lengua quieta —dijo—. Es peligroso cruzarse en el camino del tal Macfarlane; los que lo han hecho se han arrepentido demasiado tarde.

Y luego, sin terminarse el tercer vaso, ni mucho menos quedarse para consumir los otros dos, nos dijo adiós y se perdió en la oscuridad de la noche, bajo la lámpara de la posada.

Nosotros tres regresamos a los sillones del reservado, con un buen fuego y cuatro brillantes velas; y a medida que recapitulábamos lo sucedido, el primer escalofrío de nuestra sorpresa pronto se convirtió en un ardor de curiosidad. Nos quedamos sentados allí hasta muy tarde; no recuerdo ninguna otra tertulia tan prolongada en el *George*. Antes de separarnos, cada uno tenía una teoría que se había comprometido a probar; y no había para nosotros asunto más urgente en el mundo que rastrear el pasado de nuestro condenado contertulio y descubrir el secreto que compartía el gran doctor londinense. No es un gran motivo de vanagloria, pero creo que me las apañé mejor que mis compañeros del *George* para desvelar la historia; y quizá no haya en estos momentos otro ser vivo que puede narrarles a ustedes aquellos hediondos y monstruosos sucesos.

En sus días de juventud, Fettes había estudiado medicina en Edimburgo. Tenía una especie de talento, un talento que le permitía retener gran parte de lo que oía y asimilarlo en seguida haciéndolo suyo. Trabajaba poco en casa; pero era cortés, atento e inteligente en presencia de sus maestros. Éstos pronto advirtieron en él a un joven que escuchaba con atención y lo recordaba todo muy bien; y, aunque a mí me pareció bien extraño cuando lo oí por primera vez, Fettes era en aquellos días bien parecido y cuidaba mucho de su aspecto. Existía por entonces fuera de la universidad un cierto profesor de anatomía, al que designaré aquí mediante la letra K. Su nombre llegó más adelante bien conocido. El hombre que lo llevaba se escabulló disfrazado por la calles de Edimburgo, mientras el gentío aplaudía la ejecución de Burke y pedía a gritos la sangre de su patrón. Pero K*** estaba entonces en la cima de su popularidad; disfrutaba de la fama debido en parte a su propio talento y habilidad, y en parte a la incompetencia de su rival, el profesor universitario. Los estudiantes tenían absoluta fe en él y el mismo Fettes creía, e hizo creer a otros, que había establecido los cimientos de su éxito al lograr el favor de este hombre meteóricamente famoso. El señor K*** era un *bon vivant* además de un excelente profesor; y apreciaba tanto una hábil ilusión como una preparación cuidadosa. En ambos campos Fettes disfrutaba de su merecida consideración, y durante el segundo año de sus estudios recibió el encargo semioficial de segundo profesor de prácticas o subasistente en su clase.

Debido a esta capacidad, el cuidado del anfiteatro y del aula recaía de manera particular sobre sus hombros. Era responsable de la limpieza de los locales y del comportamiento de los otros estudiantes, y también constituía parte de su deber suministrar, recibir y dividir los diferentes cadáveres. Con vistas a esta última ocupación —en aquella época asunto muy delicado—, el señor K*** hizo que se alojase primero en el mismo callejón y, más adelante, en el mismo edificio donde estaban instaladas las salas de disección. Allí, después de una noche de turbulentos placeres, con la mano todavía temblorosa, la vista nublada, tenía que abandonar la cama en la oscuras horas que preceden a los amaneceres invernales, para entenderse con los sucios y desesperados traficantes que abastecían las mesas. Tenía que abrir la puerta a aquellos hombres, que después alcanzaron tan terrible reputación en todo el país. Tenía que ayudarles con su trágico cargamento, pagarles el sórdido precio convenido y quedarse solo, al marcharse los otros, con aquellos desagradables despojos de humanidad. Terminada tal escena, Fettes volvía a adormilarse por espacio de una o dos horas para reparar así los abusos de la noche y refrescarse un tanto para los trabajos del día.

Pocos muchachos podrían haberse mostrado más insensibles a las impresiones de una vida pasada de esta manera entre los abanderados de la mortalidad. Su mente estaba impermeabilizada contra cualquier consideración general. Era incapaz de sentir interés por el destino y la fortuna de cualquier otra persona, esclavo total de sus propios deseos y rastreras ambiciones. Frío, superficial y egoísta en última instancia, no carecía de ese mínimo de prudencia, mal llamada moralidad, que mantiene a un hombre alejado de borracheras inconvenientes o latrocinios punibles. Como Fettes deseaba, además, que sus maestros y condiscípulos tuvieran de él una buena opinión, se esforzaba en guardar las apariencias sobre aquellos aspectos de su vida. Decidió también destacar en sus estudios y día tras día servía impecablemente a su patrón, el señor K★★★, en las cosas más visibles y que más podían reforzar su reputación de buen estudiante, Para indemnizarse de sus días de trabajo, se entregaba por las noches a placeres ruidosos y desvergonzados; y cuando los dos platillos se equilibraban, el órgano al que Fettes llamaba su conciencia se declaraba satisfecho.

El suministro de cadáveres era continua causa de dificultades tanto para el como para su patrón. En aquella clase con tantos alumnos y en la que se trabajaba mucho, la materia prima de los anatomistas estaba siempre a punto de acabarse; y las transacciones que esta situación hacía necesarias no sólo eran desagradables en sí mismas, sino que podían tener consecuencias muy peligrosas para todos los implicados. La norma del señor K★★★ era no hacer preguntas en el trato con los de la profesión. «Ellos consiguen el cuerpo y nosotros pagamos el precio», solía decir, recalcando la aliteración *quid pro quo*. Y de nuevo, y con cierto cinismo, les repetía a sus asistentes que «No hicieran preguntas por razones de conciencia». No es que se diera por sentado implícitamente que los cadáveres se conseguían mediante el asesinato. Si tal idea se le hubiera formulado mediante palabras, el señor K★★★ se habría horrorizado; pero su frívola manera de hablar tratándose de un problema tan serio era, en sí misma, una ofensa contra las normas más elementales y una tentación para los hombres con los que negociaba. Fettes, por ejemplo, no había dejado de advertir que, con frecuencia, los cuerpos que le llevaban no habían perdido aún la calidez de la vida. También le sorprendía una y otra vez el aspecto abominable y los movimientos solapados de los rufianes que llamaban a su puerta antes del alba; y, atando cabos para sus adentros, quizás atribuía un significado demasiado inmoral y demasiado categórico a las imprudentes advertencias de su maestro. En resumen, Fettes entendía que su deber constaba de tres aspectos: aceptar lo que le traían, pagar el precio y pasar por alto cualquier evidencia de un posible crimen.

Una mañana de noviembre esta política de silencio fue duramente puesta a prueba. Fettes, después de una noche en blanco debido a un atroz dolor de muelas —paseándose por su cuarto como una fiera enjaulada o arrojándose con furia sobre la cama— y caer ya de madrugada en ese sueño profundo e intranquilo que con tanta frecuencia es la consecuencia de una noche de dolor, se vio despertado por la tercera o cuarta impaciente repetición de la señal convenida. El brillo de la luna era tenue; hacía mucho frío, soplaba el viento y el suelo estaba cubierto de escarcha; la ciudad dormía aún, pero una indefinible agitación preludiaba ya el ruido y los asuntos del día. Los gules[2] habían llegado más tarde de lo acostumbrado y parecían tener aún más prisa por marcharse que otras veces. Fettes, muerto de sueño, les fue alumbrando escaleras arriba. Oía sus roncas voces irlandesas como en un sueño; y mientras aquellos hombres vaciaban la lúgubre mercancía de su saco, él dormitaba, con un hombro apoyado contra la pared; tuvo que hacer luego verdaderos esfuerzos para encontrar el dinero con que pagar a aquellos hombres. Y al hacerlo, sus ojos tropezaron con

2 Figuradamente, entidades maléficas del folclore oriental, semejantes a los vampiros, que devoraban carne humana. [T.]

el rostro del cadáver. No pudo disimular su sobresalto; dio dos pasos hacia adelante, con la vela en alto.

—¡Dios todopoderoso! —exclamó—. ¡Es Jane Galbraith!

Los hombres no respondieron nada, pero se arrastraron cerca de la puerta.

—La conozco, os lo aseguro —continuó Fettes—. Ayer estaba viva y muy contenta. Es imposible que haya muerto; es imposible que hayan conseguido este cuerpo de forma correcta.

—Está usted completamente equivocado, señor —dijo uno de los hombres.

Pero el otro lanzó a Fettes una mirada amenazadora y exigió que se les diera el dinero de inmediato.

Era imposible malinterpretar su expresión o exagerar el peligro que implicaba. Al muchacho le faltó valor. Tartamudeó algunas excusas, contó la suma convenida y acompañó a sus odiosos visitantes hasta la puerta. Tan pronto como éstos desaparecieron, Fettes se apresuró a confirmar sus sospechas. Mediante una docena de marcas que no dejaban lugar a dudas identificó a la muchacha con la que había bromeado el día anterior. Vio, con horror, señales sobre aquel cuerpo que podían muy bien ser pruebas de una muerte violenta. Se sintió dominado por el pánico y buscó refugio en su habitación. Una vez allí reflexionó con calma sobre el descubrimiento que había hecho; consideró fríamente la importancia de las instrucciones del señor K*** y el peligro para su persona que podía derivarse de su intromisión en un asunto tan serio; finalmente, lleno de angustiosa dudas, determinó esperar y pedir consejo a su inmediato superior, el primer asistente.

Era éste un médico joven, Wolfe Macfarlane, el gran favorito entre los estudiantes temerarios, inteligente, disipado y absolutamente falto de escrúpulos. Había viajado y estudiado en el extranjero. Sus modelos eran agradables y algo atrevidos. Se lo consideraba una autoridad en teatro, tan hábil para patinar sobre el hielo como para manejar los palos en el campo de golf; vestía con elegante audacia y, como toque final de distinción, era propietario de un calesín y de un robusto caballo trotón. Su relación con Fettes había llegado a ser muy íntima; de hecho sus cargos respectivos hacían necesaria una cierta comunidad de vida, y cuando escaseaban los cadáveres, los dos se adentraban por las zonas rurales en el calesín de Macfarlane, para visitar y profanar algún cementerio poco frecuentado y, antes del alba, presentarse con su botín en la puerta de la sala de disección.

Aquella mañana en particular, Macfarlane apareció un poco antes de lo que solía. Fettes lo oyó, salió a recibirlo a la escalera, le contó su historia y terminó mostrándole la causa de su alarma. Macfarlane examinó las señales que presentaba el cadáver.

—Sí —dijo con una inclinación de cabeza—; parece sospechoso.

—¿Qué te parece que debo hacer? —preguntó Fettes.

—¿Hacer? —repitió el otro—. ¿Es que quieres hacer algo? Cuanto menos se diga, mejor será, diría yo.

—Quizá la reconozca alguna otra persona —objetó Fettes—. Era tan conocida como el Castle Rock.

—Esperemos que no —dijo Macfarlane—, y si alguien lo hace... bien, tú no la reconociste, ¿comprendes?, y no hay más que hablar. Lo cierto es que esto lleva ya demasiado tiempo sucediendo. Remueve el fango y colocarás a K*** en una situación indeseada; tampoco tú saldrías muy bien librado. Ni yo, si vamos a eso. Me gustaría saber cómo quedaríamos, o qué demonios podríamos decir si nos llamaran como cualquier cristiano ante un tribunal. Porque, para mí, ¿sabes?, hay una cosa cierta… prácticamente hablando, todo nuestro material han sido personas asesinadas.

—¡Macfarlane!—exclamó Fettes.

—¡Vamos, vamos! —se burló el otro—. ¡Como si tú no lo hubieras sospechado!

—Sospechar es una cosa…

—Y probar otra. Ya lo sé; y siento tanto como tú que esto haya llegado hasta aquí —dando unos golpecitos con su bastón en el cadáver—. Pero colocados en esta situación, lo mejor que puedo hacer es no reconocerla; y —añadió con gran frialdad— así es: no la reconozco. Tú puedes hacerlo, si es ése tu deseo. No voy a decirte qué hacer, pero creo que un hombre de mundo haría lo mismo que yo; y me atrevería a añadir que eso es lo que K★★★ esperaría de nosotros. La cuestión es, ¿por qué nos eligió a nosotros como asistentes? Y respondo: porque no quería viejas chismosas.

Aquella manera de hablar era la que más efecto podía tener en la mente de un muchacho como Fettes. Accedió a imitar a Macfarlane. El cuerpo de la desgraciada joven pasó a la mesa de disección como era costumbre y nadie hizo el menor comentario ni pareció reconocerla.

Una tarde, después de haber terminado su trabajo de aquel día, Fettes entró en una taberna muy concurrida y encontró allí a Macfarlane sentado en compañía de un extraño. Era un hombrecillo muy pálido y de cabellos muy oscuros, con ojos negros como carbones. El corte de su cara parecía prometer una inteligencia y un refinamiento que sus modales se encargaban de desmentir, porque nada más empezar a tratarle, se ponía de manifiesto su vulgaridad, tosquedad y estupidez. Aquel hombre ejercía, sin embargo, un extraordinario control sobre Macfarlane; le daba órdenes como si fuera el Gran Bajá; se indignaba ante el menor inconveniente o retraso, y hacía groseros comentarios sobre el servilismo con que era obedecido. Esta persona tan desagradable manifestó al punto una inmediata simpatía hacia Fettes, invitándolo a beber y honrándole con inusuales confidencias sobre su pasado. Si una décima parte de lo que confesó era verdad, se trataba de un bribón de lo más odioso; y la vanidad del muchacho se sintió halagada por el interés de un hombre de tanta experiencia.

—Yo no soy precisamente un buen tipo —hizo notar el desconocido—, pero Macfarlane me gana... Toddy Macfarlane lo llamo yo. Toddy, pide otra copa para tu amigo. —O bien decía: «Toddy, levántate y cierra la puerta»—. Toddy me odia —dijo después—. ¡Oh sí, Toddy, claro que lo haces!

—No me llame con ese maldito nombre —gruñó Macfarlane.

—¡Escúchalo! ¿Has visto a los muchachos jugar con sus navajas? A él le gustaría hacer eso por todo mi cuerpo —explicó el desconocido.

—Los médicos tenemos un sistema mejor —dijo Fettes—. Cuando no nos gusta un amigo muerto, lo llevamos a la mesa de disección.

Macfarlane le lanzó una aguda mirada, como si aquella broma fuera muy poco de su agrado

Fue pasando la tarde. Gray, porque tal era el nombre del desconocido, invitó a Fettes a cenar con ellos, encargando un festín tan suntuoso que la taberna entera tuvo que movilizarse, y cuando ésta terminó le ordenó a Macfarlane que pagara la cuenta. Se separaron ya de madrugada; el tal Grey estaba completamente borracho. Macfarlane, sobrio sobre todo a causa de su furia, reflexionaba sobre el dinero que se había visto obligado a malgastar y las humillaciones que había tenido que tragar. Fettes, con diferentes licores cantándole dentro de la cabeza, volvió a su casa con pasos inciertos y la mente totalmente en blanco. Al día siguiente Macfarlane faltó a clase y Fettes sonrió para sus adentros al imaginárselo todavía acompañando el insoportable Gray de taberna en taberna. Tan pronto como quedó libre de obligaciones, se puso a buscar por todas partes a sus compañeros de la noche anterior. Pero no pudo encontrarlos en ningún sitio; de manera que volvió pronto a su habitación, se acostó temprano y durmió el sueño de los justos.

A las cuatro de la mañana le despertó la señal acostumbrada. Al bajar a abrir la puerta, grande fue asombro cuando descubrió a Macfarlane con su calesín y dentro del vehículo uno de aquellos horrendos bultos alargados que tan bien conocía.

—¡Cómo! —exclamó—. ¿Has salido tú solo? ¿Cómo te las has apañado?

Pero Macfarlane lo hizo callar con brusquedad, pidiéndole que se ocupara del asunto. Después de subir el cuerpo y de depositarlo sobre mesa, Macfarlane hizo primero un gesto como de marcharse. Después se detuvo y pareció dudar.

—Será mejor que le veas la cara —dijo después lentamente, como si le costara cierto trabajo hablar—. Será mejor —repitió, al ver que Fettes se le quedaba mirando, lleno de asombro.

—Pero ¿dónde, cómo y cuándo ha llegado a tus manos? —exclamó el otro.

—Mírale la cara —fue la única respuesta.

Fettes vaciló; le asaltaron extrañas dudas. Contempló al joven médico y después el cuerpo; luego volvió otra vez la vista hacia Macfarlane. Al fin, con un sobresalto, hizo lo que se le pedía. Casi estaba esperando el espectáculo que se tropezaron sus ojos, pero de todas formas el impacto fue doloroso. Ver, inmovilizado por la rigidez de la muerte y desnudo sobre el tejido de arpillera, al hombre del que se había separado dejándolo bien vestido y con el estómago satisfecho en el umbral de una taberna, despertó, hasta en el atolondrado Fettes, algunos de los terrores de la conciencia. El que dos personas que había conocido hubieran terminado sobre las heladas mesas de disección era un eco que iba repitiéndose por su alma de forma sucesiva. Con todo, aquellos eran sólo pensamientos secundarios. Lo que más le importaba era Wolfe. Falto de preparación para enfrentarse con un desafío de tanta importancia, Fettes no sabía cómo mirar a la cara a su compañero. No se atrevía a cruzar la vista con él y le faltaban tanto las palabras como la voz con que pronunciarlas.

Fue Macfarlane mismo quien dio el primer paso. Se acercó tranquilamente por detrás y puso una mano, con suavidad pero con firmeza, sobre el hombro del otro.

—Richardson —dijo— puede quedarse con la cabeza. —Richardson era un estudiante que desde tiempo atrás estaba ansioso por disponer de esa porción del cuerpo humano para sus prácticas de disección. Al no recibir ninguna respuesta, el asesino continuó—: Hablando de negocios, debes pagarme; tus cuentas tienen que cuadrar, como es lógico.

Fettes encontró una voz que no era más que una sombra de la suya:

—¡Pagarte! —exclamó—. ¿Pagarte por esto?

—Naturalmente, no tienes más remedio. Desde cualquier punto de vista que lo consideres —insistió el otro—. Yo no me atrevería a darlo gratis, ni tú a aceptarlo sin pagar; nos comprometería a los dos. Este es otro caso como el de

Jane Galbraith. Cuantos más cabos sueltos, más razones para actuar como si todo estuviera en perfecto orden. ¿Dónde guarda su dinero el viejo K★★★?

—Allí —contestó Fettes con voz ronca, señalando el aparador del rincón.

—Entonces, dame la llave —dijo el otro calmosamente, extendiendo la mano.

Después de un momento de vacilación, la suerte quedó decidida. Macfarlane no pudo evitar un estremecimiento nervioso, manifestación insignificante de un inmenso alivio, al sentir la llave entre los dedos. Abrió el aparador, sacó pluma, tinta y el libro diario que se encontraba en un compartimiento, y del dinero que había en un cajón tomó la suma adecuada para el caso.

—Ahora, mira —dijo Macfarlane—; ya se ha hecho el pago…, primera prueba de tu buena fe: primer escalón hacia la seguridad. Pero todavía tienes que asegurarlo con un segundo paso. Anota el pago en el diario y estarás ya en condiciones de desafiar al mismo demonio

Durante los pocos segundos que siguieron la mente de Fettes fue una agonía de ideas; pero al contrastar sus terrores, terminó triunfando el más inmediato. Cualquier dificultad futura le pareció casi bienvenida comparada con una confrontación presente con Macfarlane. Dejó la vela que había sostenido todo aquel tiempo y con mano firme anotó la fecha, la naturaleza y el importe de la transacción.

—Y ahora —dijo Macfarlane— es de justicia que te quedes con el dinero. Yo ya he tenido mi parte. Por cierto, cuando un hombre de mundo tiene una pizca de suerte, con unos cuantos chelines extra en el bolsillo…, me da vergüenza hablar de ello, pero hay una regla de conducta para esos casos. No hay que invitar, ni comprar libros caros para las clases, ni pagar viejas deudas; hay que pedir prestado en lugar de prestar.

—Macfarlane —empezó Fettes, con voz todavía un poco ronca—, me he puesto el nudo alrededor del cuello por complacerte.

—¿Por complacerme? —exclamó Wolfe—. ¡Vamos, vamos! Por lo que a mí se me alcanza no has hecho más que lo que estabas obligado a hacer en defensa propia. Supongamos que yo tuviera dificultades, ¿qué sería de ti? Este segundo accidente sin importancia procede sin duda alguna del primero. El señor Gray es la continuación de la señorita Galbraith. No es posible empezar y detenerse luego. Si empiezas, tienes que continuar; esa es la verdad. Los malvados nunca encuentran descanso.

Una horrible sensación de oscuridad y una clara conciencia de la perfidia del destino se apoderaron del alma del infeliz estudiante.

—¡Dios mío! —exclamó—. ¿Qué es lo que he hecho? y ¿cuándo puede decirse que haya empezado todo esto? ¿Qué hay de malo en que a uno lo nombren asistente? Service quería ese puesto; Service podía haberlo conseguido. ¿Se encontraría *él* en la situación en la que yo me encuentro ahora?

—Mi querido amigo —dijo Macfarlane—, ¡qué niño eres! ¿Es que acaso te *ha* pasado algo malo? ¿Es que *puede* pasarte algo malo si tienes lengua quieta? ¿Es que todavía no te has enterado de lo que es la vida? Hay dos categorías de personas: los leones y los corderos. Si eres un cordero terminarás sobre una de estas mesas como Gray o Jane Galbraith; si eres un león, seguirás vivo y tendrás un caballo como tengo yo, como lo tiene K★★★, como todas las personas con inteligencia o con valor. Al principio se titubea.

Pero ¡mira a K★★★! Mi querido amigo, eres inteligente, tienes valor. Yo te aprecio y K★★★ también te aprecia. Has nacido para ir a la cabeza, dirigiendo la cacería; y yo te aseguro, por mi honor y mi experiencia de la vida, que dentro de tres días te reirás de estos espantapájaros tanto como un colegial que presencia una farsa.

Y Macfarlane se despidió, abandonando el callejón con su calesín para ir a recogerse antes del alba. Fettes se quedó solo con los remordimientos. Vio el miserable peligro en el que se hallaba envuelto. Vio, con indecible horror, que no había límites a su debilidad, y cómo, de concesión en concesión, había descendido de árbitro del destino de Macfarlane a cómplice indefenso y a sueldo. Hubiera dado el mundo entero por haberse mostrado un poco más valiente en el momento oportuno, pero no se le ocurrió que la valentía estuviera aún a su alcance. El secreto de Jane Galbraith y la maldita entrada en el libro diario habían cerrado su boca para siempre.

Pasaron las horas; los alumnos empezaron a llegar; se fue haciendo entrega de los miembros del infeliz Gray a unos y otros, y los estudiantes los recibieron sin hacer el menor comentario. Richardson manifestó su satisfacción al dársele la cabeza; y, antes de que sonara la hora de la libertad, Fettes temblaba, exultante, al darse cuenta de lo mucho que había avanzado en el camino hacia la seguridad.

Durante dos días siguió observando, con creciente alegría, el horrible proceso de encubrimiento.

Al tercer día Macfarlane hizo su aparición. Había estado enfermo, dijo; pero compensó el tiempo perdido con la energía que desplegó dirigiendo a los estudiantes. Consagró su ayuda y sus consejos a Richardson de manera especial, y el alumno, animado por los elogios del asistente, trabajó muy deprisa, lleno de esperanzas, viéndose dueño ya de la medalla a la aplicación.

Antes de que terminara la semana se había cumplido la profecía de Macfarlane. Fettes había sobrevivido a sus terrores y olvidado su bajeza. Empezó a adornarse con las plumas de su valor y logró reconstruir la historia de tal manera que podía rememorar aquellos sucesos con malsano orgullo. Sabía muy poco de su cómplice. Se encontraban en las clases, por supuesto; también recibían juntos las órdenes del señor K***. A veces, una o dos palabras en privado y Macfarlane se mostraba del principio al fin particularmente amable y jovial. Pero estaba claro que evitaba cualquier referencia a su común secreto; e incluso cuando Fettes susurraba que había decidido unir su suerte a la de los leones y rechazar de los corderos, se limitaba a indicarle con una sonrisa que guardara silencio.

Finalmente se presentó una ocasión para que los dos trabajaran juntos de nuevo. En la clase del señor K*** volvían a escasear los cadáveres; los alumnos se mostraban impacientes y una de las aspiraciones del maestro era estar siempre bien provisto. Al mismo tiempo llegaron noticias de que iba a efectuarse un entierro en el rústico cementerio de Glencorse. El paso del tiempo había cambiado muy poco el lugar en cuestión. Estaba situado entonces, como ahora, en un cruce de caminos, lejos de toda humana habitación y escondido bajo el follaje de seis cedros. Los balidos de las ovejas en las colinas de los alrededores; los riachuelos a ambos lados, uno resonando con fuerza entre las piedras y el otro goteando furtivamente entre remanso y remanso, el rumor del viento en los viejos castaños florecidos y, una vez a la semana, la voz de la campana y las viejas melodías del chantre, eran los únicos sonidos que turbaban el silencio de la iglesia rural. El Resurreccionista —por usar un sinónimo de la época— no se sentía coartado por ninguno de los aspectos de la piedad acostumbrada. Parte integrante de su trabajo era despreciar y profanar las volutas y las trompetas de las antiguas tumbas, los senderos trillados por pies devotos y afligidos, y las ofrendas e inscripciones que testimonian el afecto de los que aún siguen vivos. En las zonas rústicas, donde el amor es más tenaz de lo corriente y donde lazos de sangre o camaradería unen a toda la sociedad de una parroquia, el ladrón de cadáveres, en lugar de sentirse repelido por el respeto natural, agradece la facilidad y ausencia de riesgo con que puede llevar a cabo su tarea. A cuerpos que habían sido confiados a la tierra, en gozosa expectación de un despertar bien diferente, les llegaba esa resurrección apresurada, a la luz del candil, llena de terrores, una resurrección de pala y azadón. Forzado el ataúd y rasgada la mortaja, los melancólicos restos, vestidos de arpillera, después de dar tumbos durante horas por caminos apartados y sin luna, eran finalmente expuestos a las mayores indignidades ante una clase de muchachos boquiabiertos.

De manera semejante a como dos buitres pueden caer sobre un cordero agonizante, Fettes y Macfarlane iban a abatirse sobre una tumba en aquel tranquilo lugar de descanso lleno de verdura. La esposa de un granjero, una mujer que había vivido sesenta años y había sido conocida por su excelente mantequilla y bondadosa conversación, había de ser arrancada de su tumba a medianoche y transportada, desnuda y sin vida, a la lejana ciudad que ella siempre había honrado poniéndose, para visitarla, sus mejores galas de domingo; el lugar que le correspondía junto a su familia habría de quedar vacío hasta el día del Juicio Final; sus miembros inocentes y siempre venerables habrían de ser expuestos a la fría curiosidad del anatomista.

A última hora de la tarde los viajeros se pusieron en camino, bien envueltos en sus capas y provistos con una formidable botella. Llovía sin descanso… una lluvia densa y fría que se desplomaba con violencia. De vez en cuando soplaba una ráfaga de viento, pero la cortina de lluvia acababa con ella. A pesar de la botella, el trayecto hasta Penicuik, donde pasarían la velada, resultó triste y silencioso. Se detuvieron antes en un espeso bosquecillo no lejos del cementerio para esconder sus herramientas, y volvieron a pararse en el *Fisher's Tryst*, para brindar delante del fuego e intercalar una jarra de espesa cerveza entre los tragos de whisky. Cuando llegaron al final de su viaje, el calesín fue puesto a cubierto, se dio de comer al caballo y los jóvenes doctores se acomodaron en un reservado para disfrutar de la mejor cena y del mejor vino que la casa podía ofrecerles. Las luces, el fuego, el batir de la lluvia contra la ventana, el frío y absurdo trabajo que les esperaba, todo contribuía a hacer más placentera la comida. Con cada vaso que bebían su cordialidad aumentaba. Muy pronto Macfarlane entregó a su compañero un montoncito de monedas de oro.

—Un pequeño obsequio —dijo—. Entre amigos estos favores tendrían que ser tan comunes como pasarse esas largas cerillas para encender la pipa.

Fettes se guardó el dinero y aplaudió con gran vigor el sentir de su colega.

—Eres un verdadero filósofo —exclamó—. Yo no era más que un asno hasta que te conocí. Tú y K★★★... entre ambos ¡por todos los dioses! haréis de mí un hombre.

—Por supuesto que sí —aplaudió Macfarlane—. Aunque si he de serte franco, se necesitaba un hombre para respaldarme aquella mañana. Hay algunos cobardes de cuarenta años, corpulentos y pendencieros, que se hubieran echado atrás al ver el… aquella cosa; pero tú no…, tú no perdiste la cabeza. Te estuve observando.

—¿Y por qué tenía que haberla perdido? —presumió Fettes—. No era asunto mío. Hablar no me hubiera producido más que molestias, mientras que si callaba podía contar con tu gratitud, ¿no es cierto? —y se golpeó el bolsillo con la mano, haciendo sonar las piezas de oro.

Macfarlane sintió una punzada de alarma ante aquellas desagradables palabras. Puede que lamentara la eficacia de sus enseñanzas en el comportamiento de su joven colaborador, pero no tuvo tiempo de intervenir porque el otro continuó en la misma, línea jactanciosa.

—Lo importante es no asustarse. Ahora bien, entre tú y yo, no quiero que me cuelguen… y eso no es más que sentido práctico; pero la mojigatería, Macfarlane, nací ya despreciándola. El infierno, Dios, el Demonio, el bien y el mal, el pecado, el crimen y toda esa vieja galería de curiosidades… quizá sirvan para asustar a los chiquillos, pero los hombres de mundo como tú y como yo desprecian esas cosas. ¡Brindemos por la memoria de Gray!

Para entonces se estaba haciendo ya algo tarde. Pidieron que les trajeran el calesín delante de la puerta con los dos faroles encendidos y, una vez cumplimentada su orden, pagaron la cuenta y salieron a la carretera. Explicaron que iban camino de Pebles y tomaron aquella dirección hasta perder de vista las últimas casas del pueblo; luego, apagando los faroles, dieron la vuelta y siguieron un camino apartado hacia Glencorse. No había otro ruido que el de su carruaje y el incesante y estridente caer de la lluvia. Estaba oscuro como la brea; aquí y allí un portal blanco o una piedra del mismo color en algún muro los guiaba en la noche por unos momentos; pero casi siempre tenían que avanzar al paso y casi a tientas mientras atravesaban aquellas resonantes tinieblas en dirección hacia su solemne y aislado punto de destino. En la zona de bosques tupidos que rodeaba el cementerio la oscuridad se hizo total y no tuvieron más solución que volver a encender uno de los faroles del calesín. De esta manera, bajo los árboles goteantes y rodeados de grandes sombras que se movían continuamente, llegaron al escenario de sus impíos trabajos.

Los dos era expertos en aquel asunto y muy eficaces con la pala; y cuando llevaban escasamente veinte minutos de tarea, se vieron recompensados con el sordo retumbar de sus herramientas sobre la tapa del ataúd. Al mismo tiempo, Macfarlane, al hacerse daño en la mano con una piedra, la tiró hacia atrás por encima de su cabeza sin mirar. La tumba, en la cual habían estado cavando, hundidos casi hasta los hombros, estaba situada muy cerca del borde del camposanto; y para que iluminara mejor su trabajo habían apoyado el farol del calesín contra un árbol casi en el límite del empinado terraplén que descendía hasta el arroyo. La casualidad dirigió certeramente aquella piedra. Se oyó en el acto un ruido de vidrios rotos; la oscuridad los envolvió; ruidos alternativamente, secos y vibrantes sirvieron para anunciarles la trayectoria del farol terraplén abajo y sus ocasionales choques con los árboles. Una piedra o dos, desplazadas por el farol en su caída, le siguieron dando tumbos hasta las profundidades del estrecho valle; y luego el silencio, como la noche, se apoderó de todo; y por mucho que aguzaron el oído no se oía más que la lluvia, que tan pronto llevaba el compás del viento como caía sin altibajos sobre millas y millas de campo abierto.

Como casi estaban terminando ya su aborrecible tarea, juzgaron más prudente acabarla en la oscuridad. Exhumaron el ataúd y rompieron la tapa; introdujeron el cuerpo en el saco goteante y entre los dos lo transportaron hasta el calesín; uno se montó para sujetar el cadáver y el otro, llevando al caballo por el bocado, fue a tientas junto al muro y entre los árboles hasta llegar a una carretera más ancha cerca del *Fisher's Tryst*. Celebraron el débil y difuso resplandor que allí había como si de la luz del sol se tratara; y con su ayuda consiguieron poner el caballo a buen paso y empezaron a traquetear alegremente camino de la ciudad.

Los dos se habían empapado hasta los huesos durante sus operaciones y ahora, al saltar el calesín entre los profundos surcos de la senda, el objeto que sujetaban entre los dos caía con todo su peso primero sobre uno y sobre el otro. A cada repetición del horrible contacto ambos rechazaban instintivamente el cadáver con más violencia; y aunque los tumbos del vehículo bastaban para explicar aquellos contactos, su repetición terminó por afectar los nervios de los dos compañeros. Macfarlane hizo un chiste de mal gusto sobre la mujer del granjero, pero éste brotó huecamente de sus labios y Fettes lo dejó pasar en silencio. Pero su anormal carga seguía chocando a un lado y a otro; tan pronto la cabeza se recostaba confianzudamente sobre un hombro, como un trozo de empapada arpillera aleteaba gélidamente delante de sus rostros. Un frío reptante empezó a posesionarse del alma de Fettes. Al echar una mirada de soslayo al bulto tuvo la impresión de que éste había aumentado de tamaño. Por toda la campiña, cerca del camino y también a lo lejos, los perros de las granjas acompañaban su paso con trágicos aullidos; y el muchacho se fue convenciendo cada vez más de que algún inconcebible milagro había tenido lugar, que en aquel cuerpo muerto se había producido algún cambio incomprensible y que los perros aullaban debido al miedo que les inspiraba su terrible carga.

—Por el amor de Dios —dijo, haciendo un gran esfuerzo para conseguir hablar—, por el amor de Dios, ¡encendamos una luz!

Macfarlane se veía al aparecer igualmente afectado por los acontecimientos y, aunque no dio respuesta alguna, detuvo al caballo, entregó las riendas a su compañero, se apeó y procedió a encender el farol que les quedaba. No habían llegado para entonces más allá del cruce de caminos que conduce a Auchendinny. La lluvia seguía cayendo como si fuera a repetirse el diluvio universal, y no era nada fácil encender algo en aquel mundo de humedad y tinieblas. Cuando por fin la vacilante llama azul fue transferida a la mecha y empezó a ensancharse y hacerse más luminosa, creando un amplio círculo de imprecisa claridad alrededor del calesín, los dos jóvenes fueron capaces de verse el uno al otro y también al objeto que acarreaban. La lluvia había ido amoldando la burda arpillera al contorno del cuerpo que cubría, de manera que la cabeza se distinguía perfectamente del tronco, y los hombros se modelaban con toda claridad; algo a la vez espectral y humano les obligaba a mantener los ojos fijos en aquel fantasmal compañero de viaje.

Durante algún tiempo Macfarlane permaneció inmóvil, sujetando en alto el farol. Un horror inexpresable envolvía el cuerpo de Fettes como una sábana mojada, crispando al mismo tiempo sus lívidas facciones; un miedo que no tenía sentido, un horror a lo que no podía ser se iba apoderando de su cerebro. Un segundo más y hubiera hablado. Pero su compañero se le adelantó.

—Esto no es una mujer —dijo Macfarlane con voz callada.

—Era una mujer cuando la subimos al calesín —susurró Fettes.

—Sostén el farol —dijo el otro—. Tengo que verlo la cara.

Y mientras Fettes mantenía en alto el farol, su compañero desató el saco y dejó la cabeza al descubierto. La luz iluminó con toda claridad las oscuras y bien moldeadas facciones de mejillas afeitadas: era un rostro demasiado familiar, que ambos jóvenes habían contemplado con frecuencia en sus sueños. Un violento alarido rasgó la noche; los dos saltaron por su lado a la carretera; el farol cayó y se rompió, apagándose; y el caballo, aterrado por toda aquella agitación tan fuera de lo corriente, se encabritó y salió disparado hacia Edimburgo a todo galope, llevando consigo, como único ocupante del calesín, el cuerpo de aquel Gray con el que los estudiantes de anatomía hicieran prácticas de disección meses atrás.

Título original: *The Body-Snatcher*

MARKHEIM*

—Sí —dijo el anticuario—, nuestras ganancias varían según el caso. Algunos clientes son ignorantes, y en ese caso percibo un dividendo en razón de mis mayores conocimientos. Otros no son honrados —y aquí levantó la bujía, de manera que su luz iluminó con más fuerza las facciones de su visitante—, y en ese caso —continuó— recojo el beneficio de mi integridad.

Markheim acababa de entrar procedente de la calle iluminada y sus ojos no se habían acostumbrado aún a la mezcla de brillos y penumbras de la tienda. Ante aquellas palabras mordaces y la proximidad de la llama, parpadeó penosamente y apartó la mirada

El anticuario rió entre dientes.

—Viene usted a verme el día de Navidad —continuó—, cuando sabe que estoy solo en mi casa, con las persianas bajas, y que tengo por norma no hacer negocios en esas circunstancias; tendrá usted que pagar por ello; también tendrá que pagar por el tiempo que me hace perder, puesto que yo debería estar cuadrando mis libros; y tendrá que pagar, además, por la extraña manera de comportarse que tiene usted hoy. Soy un modelo de discreción y no hago preguntas

* Publicación original: en H. Norman (ed.), *The Broken Shalft: Tales of Mid-Ocean*, 1885. Incluido en *The Merry Men and Other Tales and Fables*, 1887.

embarazosas; pero cuando un cliente no es capaz de mirarme a los ojos, tiene que pagar por ello.

El anticuario rió una vez más entre dientes; y luego, volviendo a su voz habitual para tratar de negocios, pero todavía con un tono irónico, continuó:

—¿Puede usted explicar, como de costumbre, de qué manera ha llegado a sus manos el objeto en cuestión? ¿Procede también del gabinete de su tío? ¡Un coleccionista notable, señor!

Y el anticuario, un hombrecillo pequeño y de hombros caídos, se le quedó mirando, casi de puntillas, por encima de sus lentes de montura dorada, moviendo la cabeza con expresión de total incredulidad. Markheim le devolvió la mirada con otra de infinita compasión en la que no faltaba una sombra de horror.

—Esta vez —dijo— está usted equivocado. No vengo a vender sino a comprar. Ya no dispongo de ningún objeto del que pueda desprenderme; del gabinete de mi tío sólo queda el revestimiento de las paredes; pero aunque estuviera intacto, mi buena fortuna en la Bolsa me empujaría más bien a ampliarlo. El motivo de mi visita es bien sencillo. Busco un regalo de Navidad para una dama —continuó, creciendo en elocuencia a medida que avanzaba en el discurso que traía preparado—; y tengo que presentar mis excusas por molestarle por una cosa tan trivial. Pero ayer me descuidé y esta noche debo hacer entrega, durante la cena, de mi pequeño obsequio; y, como sabe usted perfectamente, un casamiento ventajoso es algo que no debe despreciarse.

A esto siguió una pausa, durante la cual el anticuario pareció sopesar incrédulamente aquella declaración. El tic-tac de muchos relojes entre el curioso amontonamiento de la tienda, y el rumor de los coches de alquiler en la cercana calle principal, llenaron el silencioso intervalo.

—De acuerdo, señor —dijo el anticuario—, como usted diga. Después de todo es usted un viejo cliente; y si, como dice, tiene la oportunidad de hacer un buen casamiento ventajoso, no seré yo quien le ponga obstáculos. Aquí hay algo muy adecuado para una dama —continuó—, este espejo de mano, del siglo XV, garantizado; también procede de una buena colección; pero me reservo el nombre en interés de mi cliente, que como usted, sabe, mi querido señor, era el sobrino y único heredero de un notable coleccionista.

El anticuario, mientras seguía hablando con voz fría y sarcástica, se agachó para tomar un objeto; y, mientras lo hacía, un estremecimiento recorrió a Markheim, un sobresalto de pies y manos, un súbito brinco de muchas pasiones tumultuosas que le subieron al rostro. Pero su turbación desapareció tan rápidamente como se había producido, sin dejar otra huella que un leve temblor en la mano que ahora recibía el espejo.

—Un espejo —dijo con voz ronca; luego hizo una pausa y repitió la palabra con más claridad—. ¿Un espejo? ¿Para Navidad? No parece adecuado.

—¿Y por qué no? —exclamó el anticuario—. ¿Por qué un espejo no?

Markheim lo miraba con una expresión indefinible.

—¿Y usted me pregunta por qué no? —dijo—. Basta con que mire aquí.... mírese en él... ¡véase usted mismo! ¿Le gusta lo que ve? ¡No! A mí tampoco me gusta..., ni a ningún hombre.

El hombrecillo dio un salto hacia atrás cuando Markheim le puso el espejo delante de manera tan repentina; pero ahora, al descubrir que no había ningún otro motivo de alarma, rió de nuevo entre dientes.

—La naturaleza no debe de haber favorecido demasiado a su futura esposa, señor —dijo.

—Le pido —replicó Markheim— un regalo de Navidad y me da usted esto… un maldito recordatorio de años, de pecados y de locuras… ¡una conciencia de mano! ¿Era ésa su intención? ¿Pensaba usted en algo concreto? Dígamelo. Será mejor que lo haga. Vamos, hábleme de usted. Voy arriesgarme a hacer la suposición de que usted, en el fondo, es un hombre muy caritativo.

El anticuario examinó detenidamente a su interlocutor. Aquello era muy extraño, porque Markheim no daba la impresión de estar riéndose; había en su rostro algo así como un ansioso chispazo de esperanza, pero ni el menor asomo de hilaridad.

—¿A dónde quiere llegar? —preguntó el anticuario.

—¿No es caritativo? —replicó el otro sombríamente—. Sin caridad, sin piedad, sin escrúpulos, no quiere a nadie y nadie le quiere; una mano para coger el dinero y una caja fuerte para guardarlo. ¿Es eso todo? ¡Dios mío, hombre! ¿Es eso todo?

—Voy a decirle lo que es en realidad —empezó el anticuario, con voz cortante, que luego estalló de nuevo en una risita—. Ya veo que se trata de un matrimonio de amor, y que ha estado usted bebiendo a la salud de su dama.

—¡Ah! —exclamó Markheim, con extraña curiosidad—. ¿Ha estado usted enamorado? Hábleme de ello.

—Yo —exclamó el anticuario—, ¿enamorado? Nunca he tenido tiempo, ni lo tengo ahora para oír todas estas tonterías. ¿Va usted a llevarse el espejo?

—¿Por qué tanta prisa? —replicó Markheim—. Es muy, agradable estar aquí hablando; y la vida es tan breve y tan insegura que no quisiera apresurarme a agotar ningún placer… no, ni siquiera uno tan moderado como éste. Es mejor agarrarse, agarrarse a lo poco que esté a nuestro alcance, como un hombre al borde de un precipicio. Cada segundo es un precipicio, si se piensa en ello —de una milla de altura—, lo bastante alto para destruir, si caemos, hasta nuestra último rasgo humano. Por eso es mejor hablar cordialmente. Hablemos de nosotros mismos: ¿por qué tenemos que llevar esta máscara? Confiemos en ambos. ¡Quién sabe, hasta es posible que lleguemos a ser amigos!

—Sólo tengo una cosa que decirle —respondió el anticuario—. ¡Haga usted su compra o márchese de mi tienda!

—Es verdad, es verdad —dijo Markheim—. Ya está bien de bromas. Vayamos al grano. Enséñeme alguna otra cosa.

El anticuario se agachó de nuevo, esta vez para dejar el espejo en la estantería, y sus finos cabellos rubios le cubrieron los ojos mientras lo hacía. Markheim se acercó a él un poco más, con una mano en el bolsillo de su abrigo; se irguió, llenándose de aire los pulmones; al mismo tiempo muchas emociones diferentes aparecieron juntos en su rostro: terror, horror y decisión, fascinación y repugnancia física; y, mediante un salvaje fruncimiento del labio superior, enseñó los dientes.

—Esto tal vez resulte adecuado —hizo notar el anticuario; y mientras se incorporaba, Markheim saltó desde detrás sobre su víctima.

La afilada daga, casi un estilete, brilló un momento antes de caer. El anticuario forcejeó como una gallina, se dio un golpe en la sien con la repisa y luego se desplomó sobre el suelo hecho un ovillo.

El tiempo hablaba por un sinfín de vocesillas apenas audibles en aquella tienda; había algunas solemnes y lentas, como correspondía a sus muchos años; y aun otras parlanchinas y apresuradas. Todas marcaban los segundos en un intrincado coro de tictacs. Luego, el ruido de los pies de un muchacho, corriendo pesadamente sobre la acera, irrumpió entre el conjunto de vocesillas, devolviendo a Markheim la conciencia del lugar. Contempló la tienda lleno de pavor. La bujía seguía sobre el mostrador y su llama se agitaba solemnemente debido a una corriente de aire; y por aquel movimiento insignificante, la habitación entera se llenaba de silenciosa agitación, subiendo y bajando como las olas del mar: las sombras alargadas cabeceaban, las gruesas manchas de oscuridad se dilataban y contraían como si respirasen, los rostros de los retratos y los dioses de porcelana cambiaban y ondulaban como imágenes en el agua. Una puerta interior seguía entreabierta y escudriñaba el confuso montón de sombras con una larga rendija de luz semejante a un índice extendido.

Después de estas aterrorizados divagaciones, los ojos de Markheim se volvieron hacia el cuerpo de la víctima, que yacía encorvado y tendido al mismo tiempo, increíblemente pequeño y, cosa extraña, más mezquino aún que en vida. Con aquellas pobres ropas de avaro, en aquella desgarbada actitud, el anticuario yacía como si no fuera más que un montón de serrín. Markheim había temido mirarlo y he aquí que no era nada. Y sin embargo, mientras lo contemplaba, aquel montón de ropa vieja y aquel charco de sangre empezaron a adquirir voces elocuentes. Allí tenía que quedarse; no había nadie que hiciera funcionar aquellos diestros goznes o que pudiera dirigir el milagro de la locomoción… allí tenía que seguir hasta que lo encontraran. ¡Encontrarlo, ay! ¿Y entonces? Después su carne muerta lanzaría un grito que resonaría por toda Inglaterra y llenaría el mundo con los ecos de la persecución. Ay, muerto o no, aquello seguía siendo el enemigo. «Tiempo era cuando los sesos funcionaban», pensó; y la primera palabra se quedó grabada en su mente. El tiempo, ahora que el crimen había sido cometido... el tiempo, que había terminado para la víctima, se había convertido en perentorio y trascendental para el asesino.

Aún seguía pensando en esto cuando, primero uno y luego otro, con los ritmos y las voces más variadas —uno tan profundo como la campana de una catedral, otra esbozando con sus notas agudas el preludio de un vals—, los relojes empezaron a dar las tres de la tarde.

El repentino desatarse de tantas lenguas en aquella cámara muda lo desconcertó. Empezó a ir de un lado para otro con la bujía, acosado por sombras en movimiento, sobresaltado en lo más vivo por reflejos casuales. En muchos lujosos espejos, algunos de estilo inglés, otros de Venecia o Amsterdam, vio su cara repetida una y otra vez, como si se tratara de un ejército de espías; sus mismos ojos detectaban su presencia; y el sonido de sus propios pasos, aunque anduviera con cuidado, turbaba la calma circundante. Y todavía, mientras continuaba llenándose los bolsillos, su mente le hacía notar con odiosa insistencia los mil defectos de su plan. Tendría que elegido una hora más tranquila; haber preparado una coartada; no debería haber usado un cuchillo; tendría que haber sido más cuidadoso y sólo atar y amordazar al anticuario en lugar de matarlo; o, mejor, ser aún más atrevido y matar también a la criada; tendría que haberlo hecho todo de otra manera; amargos remordimientos, vanos y tediosos esfuerzos de la mente para cambiar lo incambiable, para planear lo que ya no servía de nada, para ser el arquitecto del pasado irrevocable. Mientras tanto, y detrás de toda esta actividad, terrores primitivos, como un escabullirse de ratas en un ático desierto, llenaban de agitación las más remotas cámaras de su cerebro; la mano del policía caería pesadamente sobre su hombro y sus nervios se estremecerían como un pez en el anzuelo; o presenciaba, en desfile galopante, el arresto, la prisión, la horca y el negro ataúd.

El terror a los habitantes de la calle bastaba para que su imaginación los percibiera como un ejército sitiador. Era imposible, pensó, que algún rumor del forcejeo no hubiera llegado a sus oídos y despertado su curiosidad; y ahora, en todas las casas vecinas, adivinaba a sus ocupantes inmóviles y al acecho de cualquier rumor... personas solitarias condenadas a pasar la Navidad sin otra compañía que los recuerdos del pasado, y ahora forzadas a abandonar tan conmovedora tarea; alegres grupos de familiares, repentinamente silenciosos alrededor de la mesa, la madre aún con un dedo levantado; personas de distintas categorías, edades y estados de ánimo, pero todos, dentro de su corazón, curioseando y prestando atención y tejiendo la cuerda que habría de ahorcarlo. A veces parecía que no era capaz de moverse con la suficiente suavidad; el tintineo de las altas copas de Bohemia parecía un redoblar de campanas; y, alarmado por la intensidad de los tictac, sentía la tentación de parar todos los relojes. Luego, con una rápida transformación de sus terrores, el mismo silencio de la tienda le parecía una fuente de peligro, algo capaz de impresionar y asustar a los que pasaran por la calle; y entonces se movía con más energía y andaba entre los objetos de la tienda imitando, con jactancioso valor, los movimientos de un hombre ocupado en el sosiego de su propia casa.

Pero estaba tan dividido entre sus diferentes miedos que, mientras una porción de su mente seguía alerta y haciendo planes, otra temblaba a un paso de la locura. Una alucinación en particular había conseguido tomar fuerte arraigo en su credulidad. El vecino que escuchaba con rostro lívido junto a la ventana, el viandante detenido en el pavimento por una horrible conjetura, podían sospechar pero no saber; a través de las paredes de ladrillo y de las ventanas cerradas sólo podían llegar los sonidos. Pero allí, dentro de la casa, ¿estaba solo? Sabía que sí; había visto marcharse a la criada en busca de su enamorado, con sus pobres galas domingueras y un «día de salida» escrito en cada lazo y en cada sonrisa. Sí, estaba solo, por supuesto; y, sin embargo, en alguna parte de la casa vacía que se hallaba encima de él, le parecía oír un leve ruido de pasos… era consciente, inexplicablemente consciente de una presencia. Ay, sin duda su imaginación era capaz de seguirla por cada habitación y cada rincón de la casa; a veces era una cosa sin rostro que tenía, sin embargo, ojos para verlo; otras, una sombra de sí mismo; luego la presencia cambiaba, convirtiéndose en la imagen del anticuario muerto, reanimada por la astucia y el odio.

A veces, haciendo un gran esfuerzo, miraba hacia la puerta abierta que aún parecía repeler sus ojos. La casa era alta, la claraboya pequeña y sucia, el día cegado por la niebla; y la luz que se filtraba hasta el piso bajo era muy tenue, apenas capaz de iluminar mortecinamente el umbral de la tienda. Y, sin embargo, en aquella franja de dudosa claridad, ¿no había suspendida una sombra vacilante?

De repente, en la calle, un caballero muy jovial empezó a llamar con su bastón a la puerta de la tienda, acompañando los golpes con gritos y bromas en las que se hacían continuas referencias al anticuario llamándolo por su nombre de pila. Markheim, convertido en estatua de hielo, lanzó una mirada al muerto. ¡Pero no! Yacía completamente inmóvil; había huido a un sitio mucho más allá de aquellos golpes y gritos; se había hundido bajo mares de silencio; y su nombre, que en otro tiempo hubiera discernido en medio del fragor de una tormenta, se había convertido en un sonido vacío. Y en seguida el jovial caballero renunció a llamar y se alejó.

Aquello era una clara insinuación de que convenía apresurar lo que faltaba por hacer, que convenía marcharse de aquel barrio acusador, sumergirse en el baño de las multitudes londinenses y alcanzar, al otro lado del día, aquel puerto de salvación y de aparente inocencia… su cama. Había aparecido un visitante: en cualquier momento podía aparecer otro y ser más obstinado. Haber cometido el crimen y no recoger ahora los frutos sería un fracaso demasiado atroz. La preocupación de Markheim en aquel momento era el dinero; y como medio para llegar hasta él, las llaves.

Por encima del hombro echó una mirada hacia la puerta abierta, donde aún persistía la sombra temblorosa; y sin conciencia de ninguna repugnancia mental pero con un temblor en las tripas, se acercó al cuerpo de su víctima. Los rasgos humanos característicos habían desaparecido por completo. Era como un traje relleno a medias de serrín, las extremidades desparramadas y el tronco doblado; y sin embargo aquella cosa conseguía provocar su repulsión. Aunque su aspecto era sucio e insignificante, temió que adquiriera una mayor significación al tocarlo. Cogió el cuerpo por los hombros y lo hizo girar sobre su espalda. Era extrañamente ligero y flexible, y las extremidades, como si estuvieran rotas, se colocaban en las más extrañas posturas. El rostro carecía de toda expresión, pero estaba pálido como la cera y con una horrible mancha de sangre en la sien. Esta circunstancia resultó muy desagradable para Markheim. Le hizo volver al pasado de manera instantánea; a cierto día de feria en una aldea de pescadores: un día gris, un viento sibilante, una calle llena de gente, el resonar de los bronces, el redoblar de los tambores, la voz nasal de un cantante de baladas; y a un muchacho que iba y venía, sepultado bajo la multitud y dividido entre la curiosidad y el miedo, hasta que, alejándose de la zona más concurrida, se encontró con una caseta y un gran cartel con diferentes escenas, atrozmente dibujadas y chillonamente coloreadas: Brownrigg y su aprendiza; los Mannig con su huésped asesinado; Weare en las garras mortales de Thurtell; y otros muchos crímenes famosos. Lo veía con tanta claridad como una alucinación; Markheim era de nuevo aquel niño; miraba una vez más, con la misma sensación de repugnancia física, aquellas horribles pinturas; todavía estaba atontado por el redoblar de los tambores. Un compás de la música de aquel día volvió a su memoria; y ante aquello, por primera vez, sintió remordimientos, una sensación de náuseas y una repentina debilidad en las articulaciones, y tuvo que hacer un esfuerzo para resistir y vencerlas.

Juzgó más prudente hacer frente a estas consideraciones que huir de ellas; contemplar con toda fijeza el rostro muerto y obligar la mente a darse cuenta de la naturaleza y magnitud de su crimen. Hacía tan poco tiempo que aquel rostro había expresado los más variados sentimientos, que aquella boca pálida había hablado, que aquel cuerpo se había encendido con energías encaminadas hacia una meta, y ahora, por obra suya, aquel trozo de vida se había detenido, como el relojero detiene el movimiento del reloj con un dedo. Así razonaba en vano; no conseguía sentir más remordimientos; el mismo corazón que se había encogido ante las efigies pintadas del crimen, contemplaba indiferente su realidad.

Apenas sentía un poco de piedad por ese ser que había poseído en vano todas esas facultades que pueden hacer del mundo un jardín encantado, ese ser que nunca había vivido y ahora estaba muerto. Pero de contrición, nada; ni el más leve rastro.

Con esto, dejando de lado aquellas consideraciones, encontró las llaves y avanzó hacia la puerta entreabierta. En el exterior llovía con fuerza, y el ruido del agua sobre el tejado había disipado el silencio. Al igual que una caverna con goteras, las habitaciones de la casa estaban llenas de un eco incesante que llenaba los oídos y se mezclaba con el tic-tac de los relojes. Y, a medida que Markheim se acercaba a la puerta, le pareció oír, en respuesta a su cauteloso caminar, los pasos de otros pies que se retiraban escaleras arriba. La sombra todavía palpitaba vagamente en el umbral. Markheim hizo un esfuerzo supremo para dar confianza a sus músculos y abrió la puerta.

La débil y brumosa luz del día iluminaba apenas el suelo desnudo, las escaleras, la brillante armadura colocada, alabarda en mano, en el rellano, y las tallas en madera oscura y los cuadros que colgaban de los paneles amarillos del revestimiento. Era tan fuerte el golpear de la lluvia por toda la casa que, en los oídos de Markheim, empezó a diferenciarse en muchos sonidos diversos. Pasos y suspiros, el ruido de un regimiento marchando a lo lejos, el tintineo de monedas al contarlas y el chirriar de puertas cautelosamente entreabiertas parecía mezclarse con el repiqueteo de las gotas sobre la cúpula y con el gorgoteo de los desagües. La sensación de que no estaba solo creció dentro de él hasta llevarlo al borde de la locura. Por todos lados se veía acechado y cercado por aquellas presencias. Las oía moverse en las habitaciones altas; oía levantarse en la tienda al anticuario;

y cuando empezó, haciendo un gran esfuerzo, a subir las escaleras, sintió pasos que huían silenciosamente delante de él y otros que le seguían cautelosamente. Si estuviera sordo, pensó Markheim, ¡con qué tranquilidad dominaría su espíritu! Y en seguida, y escuchando con atención siempre renovada, se felicitó a sí mismo, por aquel sentido infatigable que mantenía alerta a las avanzadillas y era un fiel centinela el encargado de proteger su vida. Su cabeza se movía continuamente de un lado a otro; sus ojos, que parecían salírsele de las órbitas, exploraban por todas partes, y en todas partes se veían recompensado a medias con el vestigio de algún ser innominado que se desvanecía. Los veinticuatro escalones hasta el primer piso fueron veinticuatro agonías.

En el primer piso las puertas estaban entornadas, tres puertas como tres emboscadas, haciéndole estremecerse como si fueran bocas de cañón. Nunca más, pensó podría sentirse suficientemente protegido contra los observadores ojos de los hombres; anhelaba estar en su casa, rodeado de paredes, hundido entre las ropas de la cama e invisible a todos menos a Dios. Y ante aquel pensamiento se sorprendió un poco, recordando historias de otros criminales y del miedo que, según contaban, sentían ente la idea de un vengador celestial. No sucedía así, al menos, con él. Markheim temía las leyes de la naturaleza, no fuera que en su indiferente e inmutable proceder conservaran alguna prueba concluyente de su crimen. Temía diez veces más, con un terror supersticioso y abyecto, algún corte en la continuidad de la experiencia humana, alguna caprichosa ilegalidad de la naturaleza. El suyo era un juego de habilidad que dependía de reglas, que calculaba las consecuencias a partir de una causa; y ¿qué pasaría si la naturaleza, de la misma manera que el tirano derrotado vuelca el tablero de ajedrez, quebrara las normas de la causalidad? Algo parecido le había sucedido a Napoleón (al menos eso decían los escritores) cuando el invierno cambió el momento de su aparición. Lo mismo podía sucederle a Markheim: las sólidas paredes podían volverse transparentes y revelar sus acciones como las colmenas de cristal revelan las de las abejas; las recias tablas podían ceder bajo sus pies como arenas movedizas, reteniéndolo entre sus garras; ay, y existían accidentes formales que podían destruirlo; así, por ejemplo, la casa podía derrumbarse y aprisionarlo junto al cuerpo de su víctima; o el edificio vecino podía arder y verse rodeado de bomberos por todas partes. Estas cosas le inspiraban miedo; y, en cierta manera, a esas cosas se las podía considerar como la mano de Dios extendida contra el pecado. Pero en cuanto a Dios mismo, Markheim se sentía tranquilo; la acción cometida por él era indudablemente excepcional, pero también lo eran sus motivos, que Dios conocía; era allí y no entre los hombres, donde estaba seguro de obtener justicia.

Después de llegar sano y salvo a la sala y de cerrar la puerta tras de sí, Markheim se dio cuenta de que iba a disfrutar de una tregua después de tantos motivos de alarma. La habitación estaba completamente desmantelada, y además sin alfombra, con cajas de embalaje y muebles incongruentes diseminados por todos lados; había varios espejos de cuerpo entero, en los que podía verse desde diferentes ángulos, como un actor sobre un escenario; muchos cuadros, enmarcados o sin enmarcar, vueltos hacia la pared; un hermoso aparador Sheraton, un armario de marquetería y una gran cama antigua, con dosel. Las ventanas se abrían hasta el suelo, pero afortunadamente la parte inferior de los postigos había sido cerrada, y esto lo ocultaba de los vecinos. Markheim procedió entonces a colocar una de las cajas de embalaje delante del armario y sentándose empezó a buscar entre las llaves. Era una tarea larga, porque había muchas, y molesta por añadidura; después de todo, podía no haber nada en el armario y el tiempo pasaba volando. Pero la atención que exigía la tarea le sirvió para serenarse. Con el rabillo del ojo veía la puerta… e incluso de cuando en cuando miraba hacia ella directamente, como al comandante de una plaza sitiada le gusta comprobar por sí mismo el buen estado de sus defensas. Pero en realidad estaba tranquilo. El ruido de la lluvia que caía en la calle sonaba normal y agradable. En seguida, al otro lado, las notas de un plano fueron despertadas hasta formar la música de un himno, y las voces de muchos niños entonaron sus palabras. ¡Qué majestuosa y tranquilizadora era la melodía! ¡Qué frescas las voces juveniles! Markheim las escuchó sonriendo, mientras revisaba las llaves; y su mente se llenó de imágenes e ideas en respuesta a aquella música; niños camino de la iglesia y el resonar del gran órgano; niños en el campo, unos bañándose en el río, otros vagabundeando entre las zarzas de las tierras comunales o haciendo volar cometas por un cielo ventoso cubierto de nubes; y después, al cambiar ritmo de la música, otra vez la iglesia, con la somnolencia de los domingos estivales, la voz aguda y afectada del párroco (que le hizo sonreír al recordarla), las tumbas pintadas del período jacobino y la borrosa inscripción de los Diez Mandamientos en el presbiterio.

Y mientras estaba así sentado, distraído y ocupado al mismo tiempo, algo le sobresaltó y le hizo ponerse de pie. Un relámpago de hielo, un relámpago de fuego, un explosivo borbotón de sangre lo recorrieron, y finalmente se quedó paralizado y estremecido. Alguien subía la escalera con pasos lentos pero firmes, y en seguida una mano se posó sobre el picaporte, la cerradura emitió un seco chasquido y la puerta se abrió.

El miedo tenía a Markheim atenazado. No sabía qué esperar, si al muerto andando, a los enviados oficiales de la justicia humana o a algún testigo casual que entraba, sin saberlo, para entregarlo a la horca. Pero cuando el rostro que apareció en la abertura recorrió la habitación con la vista, lo miró, hizo una inclinación de cabeza, sonrió como si reconociera en él a un amigo, retrocedió de nuevo y cerró la puerta tras de sí, Markheim fue incapaz de controlar su miedo y dejó escapar un grito ronco. Al oírlo, el visitante volvió a entrar.

—¿Me llamaba usted? —preguntó con gesto cordial, y con esto introdujo el cuerpo en la habitación y cerró la puerta.

Markheim se quedó mirándolo con los ojos bien abiertos. Quizá su vista tropezaba con algún obstáculo, porque la silueta del recién llegado parecía cambiar y ondular como la de los ídolos de la tienda bajo la luz vacilante de la bujía; a veces le parecía reconocerlo; a veces le daba la impresión de parecerse a él; y a cada momento, como un peso intolerable, crecía en su pecho la convicción de que aquel ser no procedía de la tierra ni de Dios.

Y sin embargo aquella criatura tenía un extraño aire de persona corriente, mientras miraba a Markheim sin dejar de sonreír; y después, cuando añadió: «Está usted buscando el dinero, ¿no es cierto?», lo hizo tono cortés que nada tenía de extraordinario.

Markheim no contestó.

—Debo advertirle —continuó el otro— que la criada se ha separado de su galán antes de lo habitual y que no tardará mucho en estar de vuelta. Si el señor Markheim fuera encontrado en esta casa, no necesitó describirle las consecuencias.

—¿Me conoce usted? —exclamó el asesino.

El visitante sonrió.

—Hace mucho que es usted uno de mis preferidos —dijo—; le he venido observando durante todo este tiempo y a menudo he tratado de ayudarlo.

—¿Quién es usted? —exclamó Markheim—: ¿el demonio?

—Lo que yo pueda ser —replicó el otro— no afecta para nada al servicio que intento prestarle.

—¡Sí que lo afecta! —exclamó Markheim—, ¡claro que sí! ¿Ser ayudado por usted? No, nunca, no por usted! ¡Todavía no me conoce, gracias a Dios, todavía no!

—Lo conozco —replicó el visitante, con tono severo, o más bien de firmeza—. Conozco incluso su alma.

—¡Me conoce! —exclamó Markheim—. ¿Quién puede conocerme? Mi vida no es más que una parodia y una calumnia de mí mismo. He vivido para contradecir mi naturaleza. Todos los hombres lo hacen; todos son mejores que el disfraz que va creciendo y acaba asfixiándolos. La vida se los lleva a todos a rastras, como si un grupo de malhechores se hubiera apoderado de ellos y acallara sus gritos con un manto. Si no hubieran perdido el control..., si se les pudiera ver la cara, serían completamente diferentes, ¡resplandecerían como héroes y como santos! Yo soy peor que la mayoría; mi ser auténtico está aún más oculto; mis razones sólo las conocemos Dios y yo. Pero, si tuviera tiempo, podría mostrarme tal como soy.

—¿Ante mí? —preguntó el visitante.

—Sobre todo ante usted —replicó el asesino—. Le suponía inteligente. Pensaba —puesto que existe— que era capaz de leer en los corazones. Y, sin embargo, ¡se propone juzgarme por mis actos! Piense en ello; ¡mis actos! Nací y he vivido en una tierra de gigantes; gigantes que me han arrastrado por las muñecas desde que salí del vientre de mi madre... los gigantes de las circunstancias. ¡Y usted va a juzgarme por mis actos! ¿No es capaz de mirar en mi interior? ¿No comprende que aborrezco el mal? ¿No ve cómo la conciencia escribe dentro de mí con caracteres muy precisos, nunca borrados por sofismas caprichosos, pero sí con frecuencia desobedecidos? ¿No me reconoce como algo seguramente tan común como la humanidad: el pecador que no quiere serlo?

—Se expresa usted con mucho sentimiento —fue la respuesta—, pero todo eso no me concierne. Esas razones quedan fuera de mi competencia, y no me interesan en absoluto los apremios por los que se ha visto usted arrastrado, tan sólo que le han llevado en la dirección correcta. Pero el tiempo pasa; la criada se retrasa mirando las gentes que pasan y las figuras de las carteleras, pero está cada vez más cerca; y recuerde, ¡es como si la horca misma fuera hacia usted por las calles en este día de Navidad! ¿Quiere que le ayude, yo que lo sé todo? ¿Quiere que le diga dónde está el dinero?

—¿A qué precio? —preguntó Markheim.

—Le ofrezco este servicio como regalo de Navidad —contestó el otro.

Markheim no pudo evitar la triste sonrisa de quien alcanza una amarga victoria.

—No —dijo—, no quiero nada que venga de sus manos; si estuviera muriéndome de sed y fuera su mano quien acercara un cántaro a mis labios, tendría el valor de rechazarla. Puede que sea excesivamente crédulo, pero no haré nada que me entregue al mal.

—No tengo nada en contra de un arrepentimiento en el lecho de muerte —hizo notar el visitante.

—¡Porque no cree usted en su eficacia! —exclamó Markheim.

—No digo eso —respondió el otro—; pero contemplo estas cosas desde otra perspectiva, y cuando la vida llega a su fin, mi interés decae. El hombre en cuestión ha vivido sirviéndome, extendiendo el odio con la excusa de la religión, o sembrando cizaña en los trigales, como hace usted, en el curso de una vida caracterizada por una débil complicidad con los deseos. Cuando el fin se acerca, sólo puede hacerme un servicio más: arrepentirse, morir sonriendo, aumentando así la confianza y la esperanza de los más timoratos entre mis seguidores. No soy un amo demasiado severo. Haga la prueba. Acepte mi ayuda. Disfrute de la vida como lo ha hecho hasta ahora; disfrute con mayor amplitud, apoye los codos sobre la mesa; y, cuando empiece a anochecer y se cierren las cortinas, le digo, para su tranquilidad, que hasta le resultará fácil negar la disputa con su conciencia y hacer las paces con Dios. Regreso ahora mismo de estar junto al lecho de muerte de un hombre así, y la habitación estaba llena de personas sinceramente apesadumbradas que escuchaban las últimas palabras del moribundo: y cuando lo he mirado a la cara, una cara que reaccionaba a la compasión con la dureza del pedernal, he encontrado en ella una sonrisa de esperanza.

—Entonces, ¿me cree usted una criatura como de esa especie? —preguntó Markheim—. ¿Cree usted que no tengo aspiraciones más generosas que pecar y pecar y pecar, pero en el último instante, entrar de hurtadillas en el cielo? Mi corazón se rebela ante semejante idea. ¿Es esta toda la experiencia que tiene usted de la humanidad? ¿O es que, como me sorprende usted con las manos teñidas de rojo, se imagina tanta bajeza? ¿O es que el homicidio es un crimen tan impío que seca hasta la última gota las fuentes mismas del bien?

—El homicidio no constituye para mí una categoría especial —replicó el otro—. Todos los pecados son homicidios, igual que toda la vida es guerra. Veo a su raza como un grupo de náufragos hambrientos en una balsa, arrebatando las últimas migajas de las manos más necesitadas y alimentándose cada uno de las vidas de los demás. Sigo los pecados más allá del momento de su realización; descubro en todos que la última consecuencia es la muerte; y desde mi punto de vista, la hermosa doncella que con encantadores modales miente a su madre con motivo de un baile, no está menos cubierta de sangre humana que un asesino como usted. ¿He dicho que sigo los pecados? También me interesan la virtudes; apenas se diferencian de ellos en el grosor de una uña: unos y otras son las guadañas que utiliza el ángel de la Muerte para recoger su cosecha. El mal, para el cual yo vivo, no consiste en acción sino en carácter. El hombre malvado me es caro; no así el acto malo cuyos frutos, si pudiéramos seguirlos suficientemente lejos, en su descenso por la impetuosa catarata de las edades, quizá se revelaran como más benditos que los de las virtudes más excepcionales. Y si yo me ofrezco a facilitar su huida, ello no se debe a que haya usted asesinado a un anticuario, sino a que es usted Markheim.

—Le abriré mi corazón —contestó Markheim—. Este crimen en el que usted me ha sorprendido es el último. En mi camino hacia él he aprendido muchas lecciones; él mismo es una lección, una lección de gran importancia. Hasta ahora me he rebelado por las cosas que no tenía; era un esclavo atado a la pobreza, empujado y fustigado por ella. Existen virtudes robustas capaces de resistir esas tentaciones; no era ése mi caso: yo tenía sed de placeres. Pero hoy, mediante este crimen, obtengo riquezas y una advertencia… la posibilidad y la decisión de ser yo mismo. Paso a ser en todo una voluntad libre; empiezo a verme completamente cambiado, estas manos agentes del bien y este corazón en paz. Algo vuelve a mí desde el pasado, algo de cuanto soñaba los sábados por la tarde oyendo el órgano de la iglesia; o que planeaba cuando derramaba lágrimas sobre libros llenos de nobles ideas, o cuando hablaba con mi madre, aún criatura inocente. En eso consiste mi vida; he andado errante unos cuantos años, pero ahora veo una vez más mi lugar de destino.

—Va usted a usar ese dinero en la Bolsa, ¿no es cierto? —observó el visitante—; y, si no estoy equivocado, ¿no ha perdido usted allí ya varios miles?

—Sí —dijo Markheim—; pero esta vez se trata de una jugada segura.

—También perderá esta vez —replicó tranquilamente el visitante.

—¡Bien, pero me guardaré la mitad! —exclamó Markheim.

—También la perderá —dijo el otro.

La frente de Markheim empezó cubrirse de sudor.

—Bien; si es así, ¿qué importancia tiene? —exclamó—. Digamos que lo pierdo todo, que me hundo otra vez en la pobreza, ¿será posible que una parte de mí, la peor, continúe hasta el final pisoteando a la mejor? El mal y el bien tienen fuerza dentro de mí, empujándome en las dos direcciones. No quiero sólo una cosa, las quiero todas. Puedo concebir grandes hazañas, renunciaciones, martirios; y aunque haya caído en un delito tan bajo como el homicidio, la compasión no es ajena a mis pensamientos. Siento piedad por los pobres; ¿quién conoce mejor que yo sus tribulaciones? Los compadezco y los ayudo; valoro el amor y me gusta la alegría sincera; no hay nada bueno ni verdadero sobre la tierra que yo no ame con todo el corazón. ¿Y han de ser mis vicios quienes únicamente dirijan mi vida, mientras las virtudes carecen de todo efecto, como si fueran trastos viejos? No ha de ser así; también el bien es una fuente de acción.

Pero el visitante alzó un dedo.

—Durante los treinta y seis años que lleva usted en este mundo —dijo—, durante los cuales su fortuna ha cambiado muchas veces y también su estado de ánimo, le he visto rodar cada vez más bajo. Hace quince años le hubiera asustado la idea del robo. Hace tres años la palabra asesinato le hubiera hecho vacilar. ¿Existe aún algún crimen, alguna crueldad o vileza ante la que todavía retroceda?... ¡dentro de cinco años le sorprenderé haciéndolo! Su camino va siempre cuesta abajo, cuesta abajo; tan sólo la muerte podrá detenerlo.

—Es verdad —dijo Markheim con voz ronca— que en cierta manera he sido cómplice del mal. Pero lo mismo nos sucede a todos; los mismos santos, por el simple ejercicio de vivir, se vuelven menos exigentes y se adaptan al medio.

—Voy a hacerle una pregunte muy simple —dijo el otro— y según su respuesta le haré saber su horóscopo moral. Ha ido usted haciéndose más negligente en muchas cosas; y posiblemente hace usted bien; y, en cualquier caso, lo mismo les sucede a los demás hombres. Pero, aunque reconozca eso, ¿cree que en algún aspecto particular, por insignificante que sea, le cuesta más justificar su conducta, o cree más bien que es cada vez más indulgente consigo mismo?

—¿En algún aspecto? —repitió Markheim sumido en angustiosa consideración—. No —añadió después, con desesperanza—, ¡en ninguno! He ido hacia abajo en todo.

—Entonces —dijo el visitante—, confórmese con lo que es, porque nunca cambiará; el papel que representa usted en esta obra ha sido ya irrevocablemente escrito.

Markheim permaneció largo rato callado, y de hecho fue el visitante quien rompió primero el silencio.

—Siendo esa la situación —dijo—, ¿quiere que le muestre el dinero?

—¿Y la gracia? —exclamó Markheim.

—¿No lo ha intentado ya? —replicó el otro—. Hace dos o tres años, ¿no lo vi en el estrado de una reunión evangelista y no era su voz la que cantaba los himnos con más fuerza?

—Es cierto —dijo Markheim—; y veo con claridad cuál es mi deber. Le agradezco estas lecciones con toda mi alma; se me han abierto los ojos y por fin me veo tal como soy.

En aquel momento, la nota aguda de la campanilla de la puerta resonó por toda la casa; y el visitante, como si se tratara de una señal que había estado esperando, cambió inmediatamente de actitud.

—¡La criada! —exclamó—. Ha regresado, como ya lo había advertido, y ahora tendrá usted que dar otro paso difícil. Su señor, debe usted decirle, está enfermo; debe usted hacerla entrar, con expresión tranquila pero más bien seria… nada de sonrisas, no exagere su papel, ¡y yo le prometo que tendrá éxito! Una vez que la muchacha esté dentro, y la puerta cerrada, la misma destreza que le ha permitido librarse del anticuario le servirá para eliminar este último obstáculo en su camino. A partir de ese momento tendrá toda la tarde —la noche entera, si fuera necesario— para saquear de los tesoros de la casa y ponerse después a salvo. Se trata de algo que le beneficia aunque se presente con la máscara del peligro. ¡Ánimo! —exclamó—; ¡ánimo, amigo mío; su vida está en el filo de la balanza: ¡ánimo, y adelante!

Markheim miró fijamente a su consejero.

—Sí estoy condenado a hacer el mal —dijo—, todavía me queda una puerta abierta hacia la libertad… puedo dejar de obrar. Si mi vida es forzosamente nociva, puedo sacrificarla. Aunque me halle, como usted bien dice, a merced de la más pequeña tentación, todavía puedo, con un gesto decidido, ponerme fuera del alcance de todas. Mi amor al bien está condenado a la esterilidad; es posible, de acuerdo. Pero todavía me queda mi odio al mal; y de él, para decepción suya, verá cómo soy capaz de extraer energía y valor.

Los rasgos del visitante empezaron a sufrir una extraordinaria transformación: todo su rostro se iluminó y dulcificó con una suave expresión de triunfo; y, el mismo tiempo, sus facciones fueron palideciendo y desvaneciéndose. Pero Markheim no se detuvo a contemplar o a entender aquella transformación. Abrió la puerta y bajó las escaleras muy despacio, recapacitando consigo mismo. Su pasado desnudo fue desfilando ante él; lo fue viendo tal como era, desagradable y extenuante como un mal sueño, tan desprovisto de sentido como un homicidio fortuito… el escenario de una derrota. La vida, tal como la revisaba, no le tentaba ya; pero en la orilla más lejana era capaz de distinguir un refugio tranquilo para su barca. Se detuvo en el pasillo y miró hacia la tienda, donde la bujía ardía aún junto al cadáver. Todo estaba extrañamente silencioso. Allí parado, empezó a pensar en el anticuario. Y una vez más la campanilla de la puerta estalló en impaciente clamor.

Markheim se enfrentó a la criada en el umbral de la puerta con algo que parecía una sonrisa.

—Será mejor que avise a la policía —dijo—: he matado a su señor.

Título original: *Markheim*

EL DIABLO DE LA BOTELLA*

Había un hombre en la isla de Hawai al que llamaré Keawe; porque la verdad es que aún vive y que su nombre debe mantenerse en secreto; pero su lugar de nacimiento no estaba lejos de Honaunau, donde los huesos de Keawe el Grande yacen escondidos en una cueva. Este hombre era pobre, valiente y activo; leía y escribía tan bien como un maestro de escuela; era un marinero de primera clase, que había trabajado durante algún tiempo en los vapores de la isla y pilotado un ballenero en la costa de Hamakua. Finalmente, a Keawe se le ocurrió que le gustaría ver el gran mundo y las ciudades extranjeras y se embarcó con rumbo a San Francisco.

San Francisco es una hermosa ciudad, con un excelente puerto y muchas personas adineradas; y, más en concreto, existe una colina cubierta de palacios. Un día, Keawe se paseaba por esta colina con mucho dinero en el

Nota: Cualquier estudiante de ese muy poco literario producto, el teatro inglés de la primera parte de este siglo, reconocerá el nombre y la idea raíz de una pieza hecha popular por el formidable O. Smith. La idea original está allí, y es idéntica, pero sin embargo creo haber hecho de ella algo distinto. Y el hecho de que este cuento haya sido destinado y escrito para una audiencia polinésica puede agregar un elemento curioso para el público occidental. [R. L. S.]

* Publicación original: *Herald*, febrero-marzo (Nueva York) y *Black and White* (Londres), 1891. Incluido en *Island Nights' Entertainments*, 1893.

bolsillo, contemplando con evidente placer las elegantes casas que se alzaban a ambos lados de la calle. «¡Qué casas tan buenas!» —pensaba—, y qué felices deben se las personas que viven en ellas, que no necesitan preocuparse del mañana!» Y el pensamiento seguía aún en su mente cuando llegó a la altura de una casa más pequeña que algunas de las otras, pero muy bien acabada y tan bonita como un juguete; los escalones de la entrada brillaban como plata, los bordes del jardín florecían como guirnaldas y las ventanas resplandecían como diamantes; y Keawe se detuvo, maravillándose de la excelencia de todo lo que veía. Al pararse, advirtió que un hombre le estaba mirando a través de una ventana tan transparente que Keawe lo veía como se ve un pez en una pileta sobre los arrecifes. Era un hombre maduro, calvo y de barba negra; su rostro tenía una expresión pesarosa y suspiraba amargamente. Lo cierto es que mientras Keawe contemplaba al hombre y el hombre observaba a Keawe, cada uno de ellos envidiaba al otro.

De repente, el hombre sonrió y asintió con la cabeza, e hizo un gesto a Keawe para que entrara, reuniéndose con él en la puerta de la casa.

—Mi casa es muy hermosa —dijo el hombre, suspirando amargamente—. ¿No le gustaría ver todas las habitaciones?

Y así fue como Keawe recorrió con él la casa, desde el sótano hasta el tejado; todo lo que había en ella era perfecto en su estilo y Keawe manifestó su admiración.

—Esta casa —dijo Keawe— es en verdad muy hermosa; si yo viviera en una parecida, me pasaría en ella todo el día. ¿Cómo es posible, entonces, que no haga usted más que suspirar?

—No hay ninguna razón —dijo el hombre— para que no tenga una casa, punto por punto, similar y hermosa como ésta, si así lo desea. Posee usted algún dinero, ¿no es cierto?

—Tengo cincuenta dólares —dijo Keawe—, pero una casa como esta costará más de cincuenta dólares.

El hombre hizo un cálculo.

—Siento que no tenga más —dijo—, porque eso podría causarle problemas en el futuro, pero será suya por cincuenta dólares.

—¿La casa? —preguntó Keawe.

—No, la casa no —replicó el hombre—, pero sí la botella. Porque debo decirle que aunque le parezca una persona muy rica y afortunada, todo lo que poseo, esta casa misma y el jardín, proceden de una botella de no más de una pinta. Aquí la tiene usted.

Y abriendo un mueble cerrado con llave, sacó una botella de panza redonda con un cuello muy largo; el cristal era de un color blanco como el de la leche, con cambiantes destellos irisados en su textura. En el interior había algo que se movía confusamente, algo así como una sombra y un fuego.

—Esta es la botella —dijo el hombre; y cuando Keawe se echó a reír, añadió—: ¿No me cree? Pruebe usted mismo. Trate de romperla.

De manera que Keawe cogió la botella y la estrelló contra el suelo hasta que se cansó; porque rebotaba como una pelota y no resultaba dañada.

—Es una cosa bien extraña —dijo Keawe—, porque tanto por su aspecto como al tacto se diría que es de cristal.

—Es de cristal —replicó el hombre, suspirando más hondamente que nunca—, pero de un cristal templado en las llamas del infierno. Un diablo vive en ella y la sombra que vemos moverse es la suya; al menos eso creó yo. Cuando un hombre compra esta botella el diablo se pone a su servicio; todo lo que esa persona desee —amor, fama, dinero, casas como ésta o una ciudad como ésta— será suyo con sólo pedirlo. Napoleón tuvo esta botella, y gracias a su virtud llegó a ser el rey del mundo; pero al final la vendió y fracasó. El capitán Cook también la tuvo, y por ella descubrió tantas islas; pero también él la vendió, y por eso lo asesinaron en Hawai. Porque al vender la botella desaparecen el poder y la protección; y a no ser que un hombre esté contento con lo que tiene, acaba por sucederle algo.

—Y sin embargo, ¿habla usted de venderla? —dijo Keawe.

—Tengo todo lo que quiero y me estoy haciendo viejo —respondió el hombre—. Hay una cosa que el diablo de la botella no puede hacer... y es prolongar la vida; y, no sería justo ocultárselo a usted, la botella tiene un inconveniente; porque si un hombre muere antes de venderla, arderá para siempre en el infierno.

—Sí que es un inconveniente, no cabe duda —exclamó Keawe—. Y no quisiera verme mezclado en ese asunto. No me importa demasiado tener una casa, gracias a Dios; pero hay una cosa que sí me importa muchísimo, y es condenarme.

—No vaya usted tan deprisa, amigo mío —contestó el hombre—. Todo lo que tiene que hacer es usar el poder de la botella con moderación, venderla después a alguna otra persona, como estoy haciendo yo ahora, y terminar su vida cómodamente.

—Pues yo observo dos cosas —dijo Keawe—. Una es que se pasa usted todo el tiempo suspirando como una joven enamorada; y la otra, que vende la botella demasiado barata.

—Ya le he explicado por qué suspiro —dijo el hombre—. Temo que mi salud está empeorando; y, como ha dicho usted mismo, morir e irse al infierno es una desgracia para cualquiera. En cuanto a venderla tan barata, tengo que explicarle una peculiaridad sobre esta botella. Hace mucho tiempo, cuando el diablo la trajo a la tierra, era extraordinariamente cara, y fue el Preste Juan[1] el primero que la compró por muchos millones de dólares; pero sólo puede venderse si se pierde dinero en la transacción. Si se vende por lo mismo que se ha pagado por ella, vuelve al anterior propietario como si se tratara de una paloma mensajera. Es por ello que el precio ha ido disminuyendo con el paso de los siglos y que ahora resulte francamente barata. Yo se la compré a uno de los ricos vecinos de esta colina y sólo pagué noventa dólares. Podría venderla hasta por ochenta y nueve dólares y noventa centavos, pero ni un céntimo más; de lo contrario la botella volvería a mí. Ahora bien, esto trae consigo dos problemas. Primero, que cuando se ofrece una botella tan singular por ochenta dólares y monedas, la gente supone que uno está bromeando. Y segundo..., pero como eso no corre prisa que lo sepa, no hace falta que se lo explique ahora. Recuerde tan sólo que tiene que venderla por moneda acuñada.

—¿Cómo sé que lo que me cuenta es verdad? —preguntó Keawe.

—Hay algo que puede usted comprobar inmediatamente—, replicó el otro—. Deme sus cincuenta dólares,

---

1 Uno de los títulos que tenía el emperador de Etiopía. [T.]

coja la botella y pida que los cincuenta dólares vuelvan a su bolsillo. Sí eso no sucede, le doy mi palabra de honor de que consideraré inválido el trato y le devolveré de inmediato el dinero.

—¿No me está engañando? —dijo Keawe.

El hombre confirmó sus palabras con un solemne juramento.

—Bueno, me arriesgaré—dijo Keawe—, pues no me puede pasar nada malo —y acto seguido le dio su dinero al hombre y éste le entregó la botella.

—Diablo de la botella —dijo Keawe—, quiero recobrar mis cincuenta dólares.

Y, efectivamente, apenas había terminado la frase cuando su bolsillo pesaba ya lo mismo que antes.

—No hay duda de que es una botella maravillosa —dijo Keawe.

—Y ahora muy buenos días, mi querido amigo, ¡que el diablo le acompañe! —dijo el hombre.

—Un momento —dijo Keawe—, ya tengo bastante de este asunto. Tenga su botella.

—La ha comprado usted por menos de lo que yo pagué por ella —replicó el hombre, frotándose las manos—. La botella es ahora suya; y, por mi parte, lo único que deseo es perderlo de vista cuanto antes.

Con lo que llamó a su criado chino e hizo que acompañará a Keawe hasta la puerta.

Y Keawe se encontró en la calle con la botella bajo el brazo.

«Si es verdad todo lo que me han dicho de esta botella, puede que haya hecho un pésimo negocio —se dijo a sí mismo—. Pero quizá el hombre sólo me haya engañado.»

Lo primero que hizo fue contar el dinero; la suma era exacta: cuarenta y nueve en moneda americana y una pieza de Chile.

«Parece que eso es verdad —se dijo Keawe—. Probemos ahora la otra parte.»

Las calles de aquella parte de la ciudad estaban tan limpias como las cubiertas de un barco, y aunque era mediodía, tampoco se veía ningún pasajero. Keawe puso la botella en la alcantarilla y se alejó. Dos veces miró para atrás, y allí estaba la botella de color lechoso y panza redonda, en el sitio donde la había dejado. Miró por tercera vez y después dobló una esquina; pero apenas lo había hecho cuando algo le golpeó el codo, y ¡hete aquí!, no era otra cosa que el largo cuello de la botella; en cuanto a la redonda panza, estaba bien encajada en el bolsillo de su chaqueta de marino.

—Parece que también esto es verdad —dijo Keawe.

La siguiente cosa que hizo fue comprar un sacacorchos en una tienda y retirarse a un sitio oculto en medio de los campos. Una vez allí intentó sacar el corcho, pero cada vez que lo intentaba la espiral salía otra vez y el corcho seguía tan entero como al empezar.

—Este corcho es distinto de todos los demás —dijo Keawe, e inmediatamente empezó a temblar y a sudar, porque la botella le daba miedo.

Camino del puerto vio una tienda donde un hombre vendía caracolas y mazas de las islas salvajes, viejas imágenes del dioses paganos, monedas antiguas, pinturas de China y Japón, y todas esas cosas que los marineros llevan en sus baúles. En seguida se le ocurrió una idea. Entró y le ofreció la botella al dueño por cien dólares. El otro se rió de él al principio, y le ofreció cinco; pero, en realidad, la botella era muy curiosa: ninguna boca humana había soplado nunca un vidrio como aquél, ni cabía imaginar unos colores más bonitos que los que brillaban bajo su blanco lechoso, ni una sombra más extraña que la que daba vueltas en su centro; de manera que, después de regatear durante un rato a la manera de los de su profesión, el dueño de la tienda le compró la botella a Keawe por sesenta dólares y la colocó en un estante en el centro del escaparate.

—Ahora —dijo Keawe— he vendido por sesenta dólares lo que compré por cincuenta… o, para ser más exactos, por un poco menos, porque uno de mis dólares venía de Chile. En seguida averiguaré la verdad sobre el otro punto.

Así que volvió a su barco y, cuando abrió su baúl, allí estaba la botella, que había llegado antes que el. Ahora bien, en aquel barco Keawe tenía un compañero que se llamaba Lopaka.

—¿Qué te sucede —le preguntó Lopaka— que miras el baúl tan fijamente?

Estaban solos en el castillo de proa y Keawe le hizo prometer que guardaría el secreto y se lo contó todo.

—Es un asunto muy extraño —dijo Lopaka—; y me temo que vas a tener dificultades con esa botella. Pero una cosa está muy clara: puesto que tienes asegurados los problemas, será mejor que obtengas también los beneficios. Decide qué es lo que deseas; da la orden y si resulta tal como quieres, yo mismo te compraré la botella; porque a mí me gustaría tener un velero y dedicarme a comerciar entre las islas.

—No es eso lo que me interesa —dijo Keawe—, pero quiero una hermosa casa y un jardín en la costa de Kona, donde nací, y quiero que brille el sol sobre la puerta, y que haya flores en el jardín, cristales en las ventanas, cuadros en las paredes y adornos y tapetes de telas muy finas sobre las mesas; exactamente igual que la casa donde estuve hoy, sólo que un piso más alta y con balcones alrededor, como en el palacio del rey; y que pueda vivir allí sin preocupaciones de ninguna clase y divertirme con mis amigos y parientes.

—Bien —dijo Lopaka—, volvamos con la botella a Hawai; y si todo resulta verdad, como tú supones, te compraré la botella, como ya he dicho, y pediré una goleta.

Quedaron de acuerdo en esto y antes de que pasara mucho tiempo el barco regresó a Honolulú, llevando consigo a Keawe, Lopaka y la botella. Apenas habían desembarcado cuando encontraron en la playa a un amigo que inmediatamente empezó a dar el pésame a Keawe.

—No sé por qué me estás dando el pésame —dijo Keawe.

—¿Es posible que no te hayas enterado —dijo el amigo— de que tu tío —aquel hombre tan bueno— ha muerto, y de que tu primo —aquel muchacho tan bien parecido— se ha ahogado en el mar?

Keawe lo sintió mucho y al ponerse a llorar y a lamentarse, se olvidó de la botella. Pero Lopaka estuvo reflexionando y, cuando su amigo se calmó un poco, le habló así:

—¿No es cierto que tu tío tenía tierras en Hawai, en el distrito de Kaü?

—No —dijo Keawe—; en Kaü no: están en la zona de las montañas, un poco al sur de Hookena.

—¿Esas tierras pasarán ahora a ser tuyas? —preguntó Lopaka.

—Así es —dijo Keawe, y empezó otra vez a llorar la muerte de sus familiares.

—No —dijo Lopaka—, no te lamentes ahora. Se me ocurre una cosa. ¿Y si todo esto fuera obra de la botella? Porque ya tienes preparado el sitio para hacer la casa.

—Si es así —exclamó Keawe—, la botella me hace un flaco servicio matando a mis parientes. Pero puede que sea cierto, porque fue en un sitio así donde vi la casa con la imaginación.

—La casa, sin embargo, todavía no está construida —dijo Lopaka.

—¡Y probablemente no lo estará nunca! —dijo Keawe—, porque si bien mi tío tenía algo de café, ava y plátanos, no será más que lo justo para que yo viva cómodamente; y el resto de esa tierra es de lava negra.

—Vayamos al abogado —dijo Lopaka—, porque yo sigo pensando lo mismo.

Al hablar con el abogado se enteraron de que el tío de Keawe se había hecho enormemente rico en los últimos días y que le dejaba dinero en abundancia.

—¡Ya tienes el dinero para la casa! —exclamó Lopaka.

—Si está usted pensando en construir una casa —dijo el abogado—, aquí está la tarjeta de un arquitecto nuevo del que me cuentan grandes cosas.

—¡Cada vez mejor! —exclamó Lopaka—. Todo está ahora muy claro. Sigamos obedeciendo órdenes.

De manera que fueron a ver al arquitecto, que tenía diferentes proyectos de casas sobre la mesa.

—Usted desea algo fuera de lo corriente —dijo el arquitecto—. ¿Qué le parece esto? —y le pasó a Keawe uno de los dibujos.

Cuando Keawe posó los ojos sobre el boceto, dejó escapar una fuerte exclamación, porque representaba exactamente lo que él había visto con la imaginación.

«Esta es la casa que quiero —pensó Keawe—. A pesar de que no me gusta cómo la obtengo, esta es la casa, y más vale que acepte lo bueno junto con lo malo.»

De manera que le dijo al arquitecto todo lo que quería, y cómo deseaba amueblar la casa, y los cuadros que había que poner en las paredes y las chucherías para las mesas; y luego le preguntó sin rodeos cuánto le llevaría llevar todo a cabo.

El arquitecto le hizo muchas preguntas, cogió la pluma e hizo un cálculo; y al terminar pidió exactamente la suma que Keawe había heredado.

Lopaka y Keawe se miraron el uno al otro y asintieron con la cabeza.

«Está bien claro —pensó Keawe— que voy a tener esta casa, tanto si quiero como si no. Viene del diablo y temo que nada bueno salga de ello; y si de algo estoy seguro es de que no voy a formular más deseos mientras siga teniendo la botella. Pero de la casa ya no me puedo librar y más valdrá que acepte lo bueno junto con lo malo.»

De manera que llegó a un acuerdo con el arquitecto y firmaron un contrato. Keawe y Lopaka se embarcaron otra vez camino de Australia, porque habían decidido entre ellos que no intervendrían en absoluto, y dejarían que el arquitecto y el diablo de la botella construyeran y decoraran aquella casa a su gusto.

El viaje no fue bueno, aunque Keawe estuvo todo el tiempo conteniendo la respiración, porque había jurado que no formularía más deseos ni recibiría más favores del diablo. Se había cumplido ya el plazo cuando regresaron. El arquitecto les dijo que la casa estaba lista, y Keawe y Lopaka tomaron pasaje en el *Hall*, camino de Kona, para ver la casa y comprobar si todo se había hecho de acuerdo con la idea que Keawe exactamente tenía en mente.

La casa se alzaba en la falda del monte y era visible desde los barcos. Por encima, el bosque seguía subiendo hasta las nubes de lluvia; por debajo, la lava negra descendía en riscos donde estaban enterrados los reyes de antaño. Había un jardín alrededor de la casa con flores de todos los colores; y un huerto de papayas a un lado y otro de árboles del pan en el lado opuesto, y en la parte delantera, hacia el mar, habían plantado el mástil de un barco con una bandera. En cuanto a la casa, era de tres pisos, con amplias habitaciones y balcones muy anchos en las tres. Las ventanas eran de excelente cristal tan claro como el agua y tan brillante como un día soleado. Muebles de todas clases adornaban las habitaciones. De las paredes colgaban cuadros con marcos dorados: pinturas de barcos, de hombres luchando, y de las mujeres más hermosas y los sitios más singulares; no hay en ningún lugar del mundo pinturas con colores tan brillantes como las que Keawe encontró colgadas .de las paredes de su casa. En cuanto a las chucherías, éstas eran de extraordinaria calidad: relojes con carillón y cajas de música, hombrecillos que movían la cabeza, libros llenos de ilustraciones, armas muy valiosas de todos los rincones del mundo y rompecabezas muy elegantes para entretener los ocios de un hombre solitario. Y como nadie querría vivir en semejantes habitaciones, tan sólo pasar por ellas y contemplarlas, los balcones eran tan amplios que un pueblo entero hubiera podido vivir en ellos sin el menor agobio; y Keawe no sabía qué era lo que más le gustaba: si el porche de atrás, a donde llegaba la brisa procedente de la tierra y se podían ver los huertos y las flores, o el balcón delantero, donde se podía beber el viento del mar, contemplar la empinada ladera de la montaña y ver al *Hall* yendo más o menos una vez por semana entre Hookena y las colinas de Pelé, o a las goletas siguiendo la costa para recoger cargamentos de madera, ava y plátanos.

Después de verlo todo, Keawe y Lopaka se sentaron en el porche.

—Bien —preguntó Lopaka—, ¿está todo tal como lo habías planeado?

—No hay palabras para expresarlo —contestó Keawe—. Es mejor de lo que había soñado y estoy que reviento de satisfacción.

—Sólo queda una cosa por considerar —dijo Lopaka—; todo esto puede haber sucedido de manera perfectamente natural, sin que el diablo de la botella haya tenido nada que ver. Si comprara la botella y me quedara sin la goleta, habría puesto la mano en el fuego para nada. Te di mi palabra, lo sé; pero creo que no deberías negarme una prueba más.

—He jurado que no aceptaré más favores—dijo Keawe—. Creo que ya estoy bastante comprometido,

—No pensaba en un favor —replicó Lopaka—. Quisiera ver yo mismo al diablo de la botella. No hay ninguna ventaja en ello y por tanto tampoco hay nada de qué avergonzarse, sin embargo, si llego a verlo una vez, quedaré convencido del todo. Así que accede a mi deseo y déjame ver al diablo; el dinero lo tengo en mi mano y, después de eso, te compraré la botella.

—Sólo hay algo que temo—dijo Keawe—. El diablo puede ser una cosa horrible de ver, y si le pones ojo encima quizá no tengas deseos de quedarte con la botella.

—Soy una persona de palabra—dijo Lopaka—. Y aquí dejo el dinero, entre los dos.

—Muy bien —replicó Keawe—. Yo también siento curiosidad. De manera que, vamos a ver: déjenos mirarlo, señor Diablo.

Tan pronto como lo dijo, el diablo salió de la botella y volvió a meterse, tan rápido como un lagarto; Keawe y Lopaka se quedaron de piedra. Se hizo completamente de noche antes de que a cualquiera de los dos se le ocurriera algo que decir o hallaran la voz para decirlo; y luego Lopaka empujó el dinero hacia Keawe y recogió la botella.

—Soy hombre de palabra —dijo—, y bien puedes creerlo, porque de lo contrario no tocaría esta botella ni con el pie. Bien, conseguiré mi goleta y unos dólares para el bolsillo; luego me desharé de este demonio tan pronto como pueda. Porque, si tengo que decirte la verdad, verlo me ha dejado muy abatido,

—Lopaka —dijo Keawe—, procura no pensar demasiado mal de mí; sé que es de noche, que los caminos están mal y que el desfiladero junto a las tumbas no es un buen sitio para cruzarlo tan tarde, pero confieso que desde que he visto el rostro de ese diablo no podré comer ni dormir ni rezar hasta que te lo hayas llevado. Voy a darte una linterna, una cesta para poner la botella y cualquier cuadro o adorno de casa que te guste; después quiero que te marches inmediatamente y vayas a dormir a Hookena con Nahinu.

—Keawe —dijo Lopaka—, muchos hombres se enfadarían por una cosa así; sobre todo después de hacerte un favor tan grande como es mantener la palabra y comprar la botella; y en cuanto a ser de noche, a la oscuridad y al camino junto a las tumbas, todas esas circunstancias tienen que ser diez veces más peligrosas para un hombre con semejante pecado sobre su conciencia y una botella como ésta bajo el brazo. Pero como yo también estoy muy asustado, no me siento capaz de acusarte. Me iré ahora mismo; y le pido a Dios que seas feliz en tu casa y yo afortunado con mi goleta, y que los dos nos vayamos al cielo al final, a pesar del demonio y de su botella.

De manera que Lopaka bajó de la montaña; Keawe, por su parte, salió al balcón delantero y estuvo escuchando el ruido de las herraduras y vio la luz de la linterna cuando Lopaka pasaba junto al risco de las cuevas donde están enterrados los muertos antiguos; durante todo el tiempo Keawe temblaba, se retorcía las manos y rezaba por su amigo, dando gracias a Dios por haber escapado él mismo de aquel peligro.

Pero al día siguiente hizo un tiempo muy hermoso y la casa nueva era tan agradable que Keawe se olvidó de sus terrores. Fueron pasando los días y Keawe vivía allí en perpetua alegría. Le gustaba sentarse en el porche de atrás; allí comía, reposaba y leía las historias que contaban los periódicos de Honolulú; pero cuando llegaba alguien a verlo, entraba en la casa para enseñarle las habitaciones y los cuadros. Y la fama de la casa se extendió por todas partes; la llamaban *Ka-Hale Nui* —la Casa Grande— en todo Kona; y a veces la Casa Resplandeciente, porque Keawe tenía a su servicio a un chino que se pasaba todo el día limpiando el polvo y bruñendo los metales; y el cristal, y los dorados, y las telas finas y los cuadros brillaban tanto como una mañana soleada. En cuanto a Keawe mismo, no podía pasear por las habitaciones sin ponerse a cantar, tan grande se había hecho su corazón; y cuando aparecía algún barco en el mar, izaba su estandarte en el mástil.

Así iba pasando el tiempo, hasta que un día Keawe fue a Kailua para visitar a uno de sus amigos. Le hicieron un gran agasajo; pero él se marchó lo antes que pudo a la mañana siguiente y cabalgó muy deprisa, porque estaba impaciente por ver de nuevo su hermosa casa; y, además, la noche de aquel día era la noche en que los muertos de los viejos días salen por los alrededores de Kona; el haber tenido ya tratos con el demonio hacía que Keawe tuviera muy pocos deseos de tropezarse con los muertos. Un poco más allá de Honaunau, al mirar a lo lejos, advirtió la presencia de una mujer que se bañaba la orilla del mar; parecía una muchacha bien desarrollada, pero Keawe no pensó mucho en ello. Luego vio ondear su camisa blanca mientras ella se la ponía, y después su holoku rojo; y cuando Keawe llegó a su altura la joven había terminado de arreglarse y, alejándose del mar, se había colocado junto al camino con su holoku rojo; el baño la había refrescado y los ojos le brillaban, llenos de amabilidad. Nada más verla, Keawe tiró de las riendas a su caballo.

—Creía conocer a todo el mundo en esta región —dijo él—. ¿Cómo es que a ti no te conozco?

—Soy Kokua, hija de Kiano —respondió la muchacha—, y acabo de regresar de Oahu. ¿Quién es usted?

—Te lo diré en seguida —dijo Keawe, desmontando del caballo—, pero no ahora. Porque tengo una idea, y si te dijera quién soy, como es posible que hayas oído hablar de mí, quizá no me dieras una respuesta sincera. Pero antes de nada dime una cosa: ¿estás casada?

Al oír esto Kokua se echó a reír.

—Parece que es usted quien hace todas las preguntas —dijo ella—, Y usted, ¿está casado?

—No, Kokua, desde luego que no —replicó Keawe—, y nunca he pensado en casarme hasta este momento. Pero voy a decirte la verdad. Te he encontrado aquí junto al camino y al ver tus ojos, que son como estrellas, mi corazón se ha ido detrás de ti tan veloz como un pájaro. De manera que si ahora no quieres saber nada de mí, dilo, y me iré a mi casa; pero si no te parezco peor que cualquier otro joven, dilo también, y me desviaré para pasar la noche en casa de tu padre y mañana hablaré con el buen hombre.

Kokua no dijo una palabra, pero miró hacia el mar y se echó a reír.

—Kokua —dijo Keawe—, si no dices nada, consideraré que tu silencio es una respuesta favorable; así que, pongámonos en camino hacia la casa de tu padre.

Ella fue delante de él sin decir nada; sólo, de vez en cuando miraba para atrás y luego volvía a apartar la vista; y todo el tiempo llevaba en la boca las cintas de su sombrero.

Cuando llegaron a la puerta, Kiano salió a la veranda y dio la bienvenida a Keawe, llamándolo por su nombre. Al oírlo la muchacha se lo quedó mirando, porque la fama de la gran casa había llegado a sus oídos; y no hace falta decir que era una gran tentación. Pasaron todos juntos la velada muy alegremente; y la muchacha se mostró muy descarada en presencia de sus padres y estuvo burlándose de Keawe porque tenía un ingenio muy vivo. Al día siguiente Keawe habló con Kiano y después tuvo ocasión de quedarse a solas con la muchacha.

—Kokua—dijo él—, ayer estuviste burlándote de mí durante toda la velada; y todavía estás a tiempo de despedirme. No quise decirte quién era porque tengo una casa muy hermosa y temía que pensaras demasiado en la casa y muy poco en el hombre que te ama. Ahora ya lo sabes todo, y si no quieres volver a verme, dilo cuanto antes.

—No —dijo Kokua; pero esta vez no se echó a reír ni Keawe le preguntó nada más.

Así fue el noviazgo de Keawe; las cosas sucedieron muy de prisa; pero aunque una flecha vaya muy veloz y la bala de un rifle todavía más rápida, las dos pueden dar en el blanco. Las cosas habían ido deprisa, pero también habían ido lejos y el recuerdo de Keawe llenaba la cabeza de la muchacha; escuchaba su voz al romperse las olas contra la lava de la playa, y por aquel joven que sólo había visto dos veces hubiera dejado padre y madre y sus islas nativas. En cuanto a Keawe, su caballo voló por el camino de la montaña bajo el risco donde estaban las tumbas, y el sonido de los cascos y la voz de Keawe cantando, lleno de alegría, despertaban al eco en las cavernas de los muertos. Cuando llegó a la Casa Resplandeciente todavía seguía cantando. Se sentó y comió en el amplio balcón y el chino se admiró de que su amo continuara cantando entre bocado y bocado. El sol se ocultó tras el mar y cayó la noche; y Keawe estuvo paseándose por los balcones a la luz de las lámparas en lo alto de la montaña y sus cantos sobresaltaban a las hombres de los barcos que cruzaban por el mar.

«Aquí estoy ahora, en este sitio mío tan elevado —se dijo a sí mismo—. La vida no puede irme mejor; me hallo en lo alto de la montaña; a mi alrededor todo lo demás desciende. Por primera vez iluminaré todas las habitaciones, usaré mi bañera con agua caliente y fría y dormiré en el lecho de la cámara nupcial.»

De manera que el criado chino tuvo que levantarse y, encender las calderas; y mientras trabajaba en el sótano oía a su amo cantando alegremente en las habitaciones iluminadas. Cuando el agua empezó a estar caliente, el criado chino se lo advirtió a Keawe con un grito; Keawe entró en el cuarto de baño; y el criado chino le oyó cantar mientras la bañera de mármol se llenaba de agua; y le oyó cantar también mientras se desnudaba; hasta que, de repente, el canto cesó. El criado chino estuvo escuchando largo rato; luego alzó la voz para preguntarle a Keawe si toda iba bien, y Keawe le respondió «Sí», y le mandó que se fuera a la cama; pero ya no se oyó cantar más en la Casa Resplandeciente; y durante toda la noche el criado chino estuvo oyendo a su amo pasear sin descanso por los balcones.

Lo que había ocurrido era esto: mientras Keawe se desnudaba para bañarse, descubrió en su cuerpo una mancha semejante a la sombra del liquen sobre una roca, y fue entonces cuando dejó de cantar. Porque había visto otras manchas parecidas y supo que estaba atacado del Mal Chino.*

Es bien triste para cualquiera padecer esa enfermedad Y también sería muy triste para cualquiera abandonar una casa tan hermosa y tan cómoda y separarse de todos sus amigos para ir a la costa norte de Molokai, entre enormes farallones y rompientes. Pero ¿qué es eso comparado con la situación de Keawe, que había encontrado su amor un día antes y lo había conquistado aquella misma mañana, y que veía ahora quebrantarse todas sus esperanzas en un momento, como se quiebra un trozo de cristal?

Estuvo un rato sentado en el borde de la bañera, luego se levantó de un salto dejando escapar un grito y corrió hacia afuera; y empezó a andar por el balcón, de un lado a otro, como alguien que está desesperado.

«No me importaría dejar Hawai, el hogar de mis antepasados —se decía Keawe—. Sin gran pesar abandonaría mi casa, la de lo alto, la de las muchas ventanas, aquí en las montañas. No me faltaría valor para ir a Molokai, a Kalaupapa junto a los farallones, para vivir con los leprosos y dormir allí, lejos de mis antepasados. Pero ¿qué agravio he cometido, qué pecado pesa sobre mi alma, para que haya tenido que encontrar a Kokua cuando salía del fresco mar a la caída de la tarde? ¡Kokua, la que me ha robado el alma!

* La lepra.

¡Kokua, la luz de mi vida! Quizá nunca llegue a casarme con ella, quizá nunca más vuelva a verla ni a acariciarla con mano amorosa; esa es la razón, Kokua, ¡por ti son mis lamentos!»

Tienen ustedes que fijarse en la clase de hombre que era Keawe, ya que podría haber vivido durante años en la Casa Resplandeciente sin que nadie llegara a sospechar que estaba enfermo; pero a eso no era importante si tenía que perder a Kokua. Hubiera podido incluso casarse con Kokua y muchos lo hubieran hecho, porque tienen alma de cerdo; pero Keawe amaba a la doncella con amor varonil y no estaba dispuesto a causarle ningún daño ni a exponerla a ningún peligro.

Algo después de la medianoche se acordó de la botella. Salió al porche y recordó el día en que el diablo se había mostrado ante sus ojos; y aquel pensamiento hizo que se le helara la sangre en las venas.

«Esa botella es una cosa horrible —pensó Keawe—, el diablo también es una cosa horrible, y aún más horrible es la posibilidad de arder para siempre en las llamas del infierno. Pero, que otra posibilidad tengo de llegar a curarme o de casarme con Kokua? ¡Cómo! —pensó—. ¿Fui capaz de desafiar al demonio para conseguir una casa y no voy a enfrentarme con él para obtener a Kokua?»

Entonces recordó que al día siguiente el *Hall* iniciaba su viaje de regreso a Honolulú.

«Primero tengo que ir allí —pensó— y ver a Lopaka. Porque lo mejor que me puede suceder ahora es que encuentre la misma botella que tantas ganas tenía de perder de vista.»

No pudo dormir ni un solo momento; la comida no le pasaba por la garganta; pero mandó una carta a Kiano y, cuando se acercaba la hora de la llegada del vapor, se puso en camino y cruzó por delante del risco donde estaban las tumbas. Llovía; su caballo avanzaba con dificultad, contempló las negras bocas de las cuevas y envidió a los muertos que dormían en su interior, libres ya de dificultades; y recordó cómo había pasado al galope el día anterior y se sintió lleno de asombro. Finalmente llegó a Hookena y, como de costumbre, todo el mundo se había reunido para esperar la llegada del vapor. En el cobertizo delante del almacén estaban todos sentados, bromeando y contándose las novedades; pero Keawe no sentía el menor deseo de hablar y permaneció en medio de ellos contemplando la lluvia que caía sobre las casas y las olas que estallaban entre las rocas, mientras los suspiros se acumulaban en su garganta.

—Keawe, el de la Casa Resplandeciente, está vacío de espíritus —se decían unos a otros. Así era, en efecto, y tenía poco de extraordinario.

Luego llegó el *Hall* y el bote ballenero lo llevó a bordo. La parte posterior del barco estaba llena de haoles,★ que habían ido a visitar el volcán como tienen por costumbre; en el centro se amontonaban los kanakas, y en la parte delantera viajaban toros de Hilo y caballos de Kaü; pero Keawe se sentó apartado de todos, hundido en su dolor, con la esperanza de ver desde el barco la casa de Kiano. Finalmente la divisó, junto a la orilla, sobre las rocas negras, a la sombra de las palmeras; cerca de la puerta se veía un holoku rojo, no mayor que una mosca, que revoloteaba tan ocupado como una mosca.

★ Blancos.

«¡Ah, reina de mi corazón —exclamó, Keawe para sí—, arriesgaré mi alma para recobrarte!»

Poco después cayó la noche y se encendieron las luces de las cabinas, y los haoles se reunieron para jugar a las cartas y beber whisky como tienen por costumbre; pero Keawe estuvo paseando por cubierta toda la noche; y todo el día siguiente, mientras navegaban a sotavento de Maui y de Molokai, seguía dando vueltas de lado para otro como un animal salvaje en una jaula.

Al caer la tarde pasaron Diamond Head y llegaron al muelle de Honolulú. Keawe bajó en seguida a tierra y empezó a preguntar por Lopaka. Al parecer se había convertido en propietario de una goleta —no había otra mejor en las islas— y se había marchado muy lejos en busca de aventuras, quizá hasta Pola-Pola o Kahiki, de manera que no cabía esperar ayuda por ese lado. Keawe se acordó de un amigo de Lopaka, un abogado de la ciudad (no debo decir su nombre) y preguntó por él. Le dijeron que se había hecho rico de repente y que tenía una casa nueva y muy hermosa en la orilla de Waikiki; esto dio que pensar a Keawe, e inmediatamente alquiló un coche y se dirigió a casa del abogado.

La casa era muy nueva y los árboles del jardín apenas mayores que bastones; el abogado, cuando salió a recibirlo, tenía el aire de ser un hombre feliz.

—¿En qué puedo servirlo? —dijo el abogado.

—Usted es amigo de Lopaka —replicó Keawe—, y Lopaka me compró un objeto que quizás usted pueda ayudarme a localizar.

El rostro del abogado se ensombreció.

—No voy a fingir que ignoro de qué me habla, señor Keawe —dijo—, aunque se trata de un asunto muy desagradable que no conviene remover. No puedo darle ninguna seguridad, pero me imagino que si va usted a cierto barrio quizá consiga averiguar algo.

A continuación le dio el nombre de una persona que también en este caso será mejor no repetir. Esto sucedió durante varios días, y Keawe fue conociendo a diferentes personas y encontrando en todas partes ropas y coches recién estrenados, y casas nuevas muy hermosas, y hombres muy satisfechos aunque, claro está, cuando alguien aludía al motivo de su visita sus rostros se ensombrecían.

«No hay duda de que estoy en buen camino —pensaba Keawe—. Esos trajes nuevos y esos coches son otros tantos regalos del demonio de la botella, y esos rostros satisfechos son los rostros de personas que han conseguido lo que deseaban y han podido librarse de ese maldito recipiente. Cuando vea mejillas sin color y oiga suspiros, sabré que estoy cerca de la botella.»

Sucedió que finalmente le recomendaron que fuera a ver a un haole en la calle Beritania. Cuando llegó a puerta, alrededor de la hora de la cena, Keawe se encontró con los típicos indicios: nueva casa, jardín recién plantado y luz eléctrica tras las ventanas; y cuando apareció el dueño un escalofrío de esperanza y de miedo recorrió el cuerpo de Keawe, porque tenía delante de sí a un hombre joven, pálido como un cadáver y marcadísimas ojeras, prematuramente calvo y con la presión de un hombre en capilla.

«Tiene que estar aquí, no hay dudas —pensó Keawe, y a aquel hombre no le ocultó en absoluto cuál era su verdadero propósito.

—He venido a comprar la botella —dijo.

Al oír aquellas palabras, el joven haole de la calle Beritania tuvo que apoyarse contra la pared.

—¡La botella! —susurró—. ¡Comprar la botella!

Dio la impresión de que estaba a punto de desmayarse y, cogiendo a Keawe por el brazo, lo llevó a una habitación y escanció dos vasos de vino.

—A su salud—dijo Keawe, que había pasado mucho tiempo con haoles en su época de marinero—. Sí —añadió—, he venido a comprar la botella. ¿Cuál es el precio que tiene ahora?

Al oír esto al joven se le escapó el vaso de entre dedos y miró a Keawe como si fuera un fantasma.

—El precio —dijo—. ¡El precio! ¿No sabe usted cuál es el precio?

—Por eso se lo pregunto —replicó Keawe—. Pero ¿qué es lo que tanto le preocupa? ¿Qué sucede con el precio?

—La botella ha disminuido mucho de valor desde que usted la compró, señor Keawe—dijo el joven, tartamudeando.

—Bien, bien; así tendré que pagar menos por ella —dijo Keawe—. ¿Cuánto le costó a usted?

El joven estaba tan blanco como el papel.

—Dos centavos —dijo.

—¿Cómo?—exclamó Keawe—, ¿dos centavos? Entonces, usted sólo puede venderla por uno. Y el que la compre... —las palabras murieron en la boca de Keawe; el que comprara la botella no podría venderla nunca, y la botella y el diablo de la botella se quedarían con él hasta su muerte, y cuando muriera se encargarían de llevarlo a las rojas llamas del infierno.

El joven de la calle Beritania se puso de rodillas.

—¡Cómprela, por el amor de Dios! —exclamó—. Puede quedarse también con toda mi fortuna. Estaba loco cuando la compré a ese precio. Había malversado fondos en el almacén donde trabajaba; si no lo hacía estaba perdido; hubiera acabado entre rejas.

—Pobre criatura —dijo Keawe—, fue usted capaz de arriesgar su alma en una aventura tan desesperada, para evitar el castigo por su deshonra, ¿y cree que yo voy a dudar cuando es el amor lo que tengo delante de mí? Deme la botella y el cambio, que sin duda tiene ya preparado. Es preciso que me dé la vuelta de esta moneda de cinco.

Keawe no se había equivocado; el joven tenía las cuatro monedas en un cajón; la botella cambió de manos y tan pronto como los dedos de Keawe rodearon su cuello le susurró que deseaba quedar limpio de la enfermedad. Y, efectivamente, cuando se desnudó delante de un espejo en la habitación del hotel, su piel estaba tan sonrosado como la de un niño. Pero lo más extraño fue que inmediatamente se operó una transformación dentro de él: el Mal Chino le importaba muy poco y tampoco sentía interés por Kokua; no pensaba más que en una cosa: que estaba ligado al diablo de la botella para toda eternidad y no le quedaba otra esperanza que la de ser para siempre una pavesa en las llamas del infierno. En cualquier caso, las veía ya brillar delante de sí con ojos de la imaginación; su alma se encogió y las tinieblas cayeron sobre la luz.

Cuando Keawe se recuperó un poco, se dio cuenta que era la noche en que tocaba una orquesta en el hotel. Bajó a oírla porque temía quedarse solo; y allí, entre caras alegres, paseó de un lado para otro, escuchó a las melodías empezar y terminar, y vio a Berger llevando el compás, pero todo tiempo oía crepitar las llamas y veía un fuego muy vivo ardiendo en el pozo sin fondo del infierno. De repente la orquesta tocó *Hiki-ao-ao*, una canción que él había cantado con Kokua, y aquellos acordes le devolvieron el valor.

«Ya está hecho —pensó—, y una vez más tendré que aceptar lo bueno junto con lo malo.»

Regresó a Hawai en el primer vapor y tan pronto como le fue posible se casó con Kokua y la llevó a la Casa Resplandeciente en la ladera de la montaña.

Cuando los dos estaban juntos, el corazón de Keawe se tranquilizaba; pero tan pronto como se quedaba solo empezaba a cavilar sobre su horrible situación, y oía crepitar las llamas y veía el fuego abrasador en el pozo sin fondo. Era cierto que la muchacha se había entregado a él por completo; su corazón latía más deprisa al verlo y su mano buscaba siempre la de Keawe; y estaba hecha de tal manera, de la cabeza a las uñas de los pies, que nadie podía verla sin alegrarse. Era afable por naturaleza. De sus labios salían siempre palabras cariñosas. Le gustaba mucho cantar y cuando recorría la Casa Resplandeciente gorjeando como los pájaros era el objeto más hermoso que había en los tres pisos. Keawe la contemplaba y la oía embelesado, y luego iba a esconderse en un rincón y lloraba y gemía pensando en el precio que había pagado por ella; después tenía que secarse los ojos, lavarse la cara e ir a sentarse con ella en uno de los balcones, acompañándola en sus canciones y correspondiendo a sus sonrisas con el alma llena de angustia.

Pero llegó un día en que Kokua empezó a arrastrar los pies y sus canciones se hicieron menos frecuentes; y, ya no era sólo Keawe el que lloraba a solas, sino que los dos se retiraban a dos balcones situados en lados opuestos, con toda la anchura de la Casa Resplandeciente entre ellos. Keawe estaba tan hundido en la desesperación que apenas notó el cambio, alegrándose tan sólo de tener más horas de soledad durante las que cavilar sobre su destino y de no verse condenado con tanta frecuencia a ocultar un corazón enfermo bajo una cara sonriente. Pero un día, andando por la casa sin hacer ruido, escuchó sollozos como de un niño y vio a

Kokua moviendo la cabeza y llorando como los que están perdidos.

—Haces bien lamentándote en esta casa, Kokua —dijo Keawe—. Y, sin embargo, daría media vida para que pudieras ser feliz.

—¡Feliz! —exclamó ella—. Keawe, cuando vivías solo en la Casa Resplandeciente toda la gente de la isla se hacía lenguas de tu felicidad; tu boca estaba siempre llena de risas y de canciones, y tu rostro resplandecía como la aurora. Después te casaste con la pobre Kokua; y el buen Dios sabrá qué es lo que le falta, pero desde aquel día no has vuelto a sonreír. ¿Qué es lo que me pasa? Creía ser bonita y sabía que amaba a mi marido, ¿Qué es lo que me pasa que arrojo esta nube sobre él?

—Pobre Kokua —dijo Keawe. Se sentó a su lado y trató de cogerle la mano, pero ella la apartó—. Pobre Kokua —dijo de nuevo—. ¡Mi pobre niña… mi querida! ¡Y yo que creía ahorrarte sufrimientos durante todo este tiempo! Pero lo sabrás todo. Así, al menos, te compadecerás del pobre Keawe; comprenderás lo mucho que te amaba —que prefirió el infierno a perderte— y lo mucho que aún te ama (el pobre condenado), puesto que todavía es capaz de sonreír al contemplarte.

Y a continuación, le contó toda su historia principio.

—¿Has hecho eso por mí? —exclamó Kokua—. Entonces, ¡qué me importa nada! —y abrazándole, se puso a llorar.

—¡Querida mía! —dijo Keawe—; sin embargo, cuando pienso en el fuego del infierno, ¡a mí sí que me importa!

—No digas eso —respondió ella—, ningún hombre puede condenarse por amar a Kokua si no ha cometido otra falta. Desde ahora te digo, Keawe, que te salvaré con estas manos o, pereceré contigo. ¿Has dado tu alma por mi amor y crees que yo no moriría por salvarte?

—¡Ay, querida mía! Aunque murieras cien veces, ¿cuál sería la diferencia? —exclamó él—. Serviría para que tuviera que esperar a solas el día de mi condenación.

—Tú no sabes nada —dijo ella—. Yo me eduqué un colegio de Honolulú, no soy una chica corriente. Y desde ahora te digo que salvaré a mi amante. ¿No has hablado de un centavo? ¿Ignoras que no todos países tienen dinero americano? En Inglaterra existen monedas de alrededor de medio centavo. ¡Ay, qué pena! —exclamó en seguida—; eso no lo hace mejor, porque el que compre la botella se condenaría, ¡y no vamos a encontrar a nadie tan valiente como mi Keawe! Pero también está Francia; allí tienen una moneda a la que llaman céntimo, y de ésos se necesitan aproximadamente cinco para poder cambiarlos por un centavo, o algo así. No encontraremos nada mejor. Vayamos a las islas francesas; salgamos para Tahití en el primer barco que zarpe. Allí tendremos cuatro céntimos, tres céntimos, dos céntimos y un céntimo: cuatro posibles ventas; y nosotros dos para convencer a los compradores. ¡Vamos, Keawe mío!, bésame y no te preocupes más. Kokua te defenderá.

—¡Regalo de Dios! —exclamó Keawe—. ¡No creo que Dios me castigue por desear algo tan bueno! Sea como tú dices, entonces; llévame donde quieras: pongo mi vida y mi salvación en tus manos.

Muy de mañana al día siguiente, Kokua estaba ya haciendo sus preparativos. Buscó el baúl de marinero de Keawe; primero puso la botella en una esquina, y luego colocó sus mejores ropas y las chucherías más bonitas que había en la casa.

—Porque —dijo— si no parecemos gente rica, ¿quién va a creer en la botella?

Durante todo el tiempo de los preparativos estuvo tan alegre como un pájaro; sólo cuando miraba en dirección a Keawe los ojos se le llenaban de lágrimas y tenía que ir a besarlo. En cuanto a Keawe, se le había quitado un gran peso de encima; ahora que alguien compartía su secreto y había vislumbrado una esperanza, parecía un hombre distinto: caminaba otra vez con paso ligero y respirar volvía a ser algo maravilloso. El terror sin embargo no andaba muy lejos; y de vez en cuando, de la misma manera que el viento apaga un cirio, la esperanza moría dentro de él y veía otra vez agitarse las llamas y el fuego abrasador del infierno.

Anunciaron que iban a hacer un viaje de placer por los Estados Unidos: a todo el mundo le pareció una cosa extraña, pero más extraña les hubiera parecido la verdad si hubieran podido adivinarla. De manera que se trasladaron a Honolulú en el *Hall* y de allí a San Francisco en el *Umatilla* con una muchedumbre de haoles; y en San Francisco se embarcaron en el bergantín correo, el *Tropic Bird*, camino de Papeete, la ciudad francesa más importante de las islas del Sur. Llegaron allí, después de un agradable viaje, cuando los vientos alisios soplaban suavemente, y vieron los arrecifes en los que van a estrellarse la olas, y Motuiti con sus palmeras, y cómo el bergantín se adentraba en el puerto, y las casas blancas de la ciudad de la orilla entre árboles verdes, y, por encima, las montañas y las nubes de Tahití, la isla sabia.

Consideraron que lo más conveniente era alquilar una casa y eligieron una situada frente a la del cónsul británico; se trataba de hacer gran ostentación de dinero de que se les viera por todas partes bien provistos de carruajes y caballos. Todo esto resultaba fácil mientras tuvieran la botella en su poder, porque Kokua era más atrevida que Keawe y siempre que se le ocurría llamaba al diablo para que le proporcionase veinte o cien dólares. De esta forma pronto se hicieron notar en la ciudad; y los extranjeros procedentes de Hawai, y sus paseos a caballo y en coche, y los elegantes holokus y los delicados encajes de Kokua fueron tema de muchas conversaciones.

Se acostumbraron a la lengua de Tahití, que es en realidad semejante a la de Hawai, aunque con cambios en ciertas letras; y en cuanto estuvieron en condiciones de comunicarse, trataron de vender la botella. Hay que tener en cuenta que no era un tema fácil de abordar; no era fácil convencer a la gente de que hablaban en serio cuando les ofrecían por cuatro céntimos una fuente de salud y de inagotables riquezas. Era necesario además explicar los peligros de la botella; y, o bien los posibles compradores no creían nada en absoluto y se echaban a reír, o se percataban sobre todo de los aspectos más sombríos y, adoptando un aire muy solemne, se alejaban de Keawe y de Kokua, considerándolos personas en tratos con el demonio. De manera que en lugar de hacer progresos, los esposos descubrieron que al cabo de poco tiempo todo el mundo les evitaba; los niños se alejaban de ellos corriendo y chillando, cosa que a Kokua le resultaba insoportable; los católicos hacían la señal de la cruz al pasar a su lado y todos los habitantes de la isla parecían estar de acuerdo en rechazar sus proposiciones.

Con el paso de los días se fueron sintiendo cada vez más deprimidos. Por la noche, cuando se sentaban en su nueva casa después del día agotador, no intercambiaban una sola palabra y si se rompía el silencio era porque Kokua no podía reprimir más sus sollozos. Algunas veces rezaban juntos; otras colocaban la botella en el suelo y se pasaban la velada contemplando los movimientos de la sombra en su interior. En tales ocasiones tenían miedo de irse a descansar. Tardaba mucho en llegarles el sueño y si uno de ellos se adormilaba, al despertarse hallaba al otro llorando silenciosamente en la oscuridad o descubría que estaba solo, porque el otro había huido de la casa y de la proximidad de la botella para pasear bajo los bananos en el jardín o para vagar por la playa a la luz de la luna.

Así fue como Kokua se despertó una noche y encontró que Keawe se había marchado. Tocó la cama y el otro lado del lecho estaba frío. Entonces se asustó, incorporándose. Un poco de luz de luna se filtraba entre los postigos. Había suficiente claridad en la habitación para distinguir la botella en el suelo. Afuera soplaba el viento y hacía gemir los grandes árboles de la avenida mientras las hojas secas batían en la veranda. En medio de todo esto, Kokua tomó conciencia de otro sonido; difícilmente hubiera podido decir si se trataba de un animal o de un hombre, pero si que era tan triste como la muerte y que le desgarraba el alma. Kokua se levantó sin hacer ruido, entreabrió la puerta y contempló el jardín iluminado por la luna. Allí, bajo los bananos, yacía Keawe con la boca en el polvo, y eran sus labios los que dejaban escapar aquellos gemidos.

La primera idea de Kokua fue ir corriendo a consolarlo; pero en seguida comprendió que no debía hacerlo. Keawe se había comportado ante su esposa como un hombre valiente; no estaba bien que ella se inmiscuyera en aquel momento de debilidad. Ante este pensamiento Kokua retrocedió, volviendo otra vez al interior de la casa.

«¡Cielos —pensó—. ¡Qué negligente he sido... qué débil! Es él, y no yo, quien se enfrenta con la condenación eterna; la maldición recayó sobre su alma y no sobre la mía. Su preocupación por mi bien y su amor por una criatura tan poco digna y tan incapaz de ayudarle son las causas de que ahora vea tan cerca de sí las llamas del infierno y hasta huela el humo mientras yace ahí fuera, iluminado por la luna y azotado por el viento. ¿Soy tan torpe que hasta ahora nunca se me ha ocurrido considerar cuál es mi deber, o quizá viéndolo he preferido ignorarlo? Pero ahora, por fin, alzo mi alma en manos de mi afecto; ahora digo adiós a la blanca escalinata del cielo y a los rostros de mis amigos que están allí esperando. ¡Amor por amor y que el mío sea capaz de igualar al de Keawe! ¡Alma por alma y que la mía perezca!»

Kokua era una mujer con gran destreza manual y en seguida estuvo preparada. Cogió el cambio… los preciosos céntimos que siempre tenían al alcance de la mano, porque es una moneda muy poco usada, y habían ido a aprovisionarse a una oficina del gobierno. Cuando Kokua avanzaba ya por la avenida, el viento trajo unas nubes que ocultaron la luna. La ciudad dormía y no sabía hacia dónde dirigirse hasta que oyó una tos que salía de las sombras de un árbol.

—Buen hombre —dijo Kokua—, ¿qué hace usted aquí solo en una noche tan fría?

El anciano apenas podía expresarse a causa de la tos, pero Kokua logró enterarse de que era viejo y pobre, y también un extranjero en la isla.

—¿Me haría usted un favor? —dijo Kokua—. De extranjero a extranjera y de anciano a muchacha, ¿no querrá usted ayudar a una hija de Hawai?

—Ay —dijo el anciano—, ya veo que eres la bruja de las Ocho Islas y que también quieres perder mi alma. Pero he oído hablar de ti y te aseguro que tu perversidad nada conseguirá contra mí.

—Siéntese aquí —le dijo Kokua—, y déjeme que le cuente una historia.

Y le contó la historia de Keawe desde el principio hasta el fin.

—Y yo —dijo Kokua al terminar— soy su esposa, la esposa que Keawe compró a cambio de su alma. ¿Que debo hacer? Si fuera yo misma a comprar la botella, no lo aceptaría. Pero si va usted, se la dará gustosísimo; me quedaré aquí esperándolo: usted la comprará por cuatro céntimos y yo se la volveré a comprar por tres. ¡Y que el Señor dé fortaleza a una pobre muchacha,

—Si trataras de engañarme —dijo el anciano—, creo que Dios te mataría.

—¡Sí que lo haría! —exclamó Kokua—. No le quepa duda. No podría ser tan malvada; Dios no lo consentiría.

—Dame los cuatro céntimos y espérame aquí —dijo el viejo.

Ahora bien, cuando Kokua se quedó sola en la calle, todo su valor desapareció. El viento rugía entre los árboles y a ella le parecía que las llamas del infierno estaban ya a punto de abrazarla; las sombras se agitaban bajo la luz del farol y le parecían las manos engarfiadas de los demonios. Sí hubiera tenido fuerzas, habría echado a correr y de no faltarle el aliento habría gritado; pero fue incapaz de hacer nada y se quedó temblando en la avenida como una niña muy asustada.

Luego vio al viejo que regresaba con la botella en una mano.

—He hecho lo que me pediste —dijo—. Tu marido se ha quedado llorando como un niño; dormirá en paz el resto de la noche —y extendió la mano con la botella.

—Antes de dármela —jadeó Kokua—, aprovéchese también de lo bueno: pida verse libre de su tos.

—Soy muy viejo —replicó el otro— y estoy demasiado cerca de la tumba para aceptar favores del diablo. Pero ¿qué sucede? ¿Por qué no coges la botella? ¿Acaso dudas?

—¡No, no dudo! —exclamó Kokua—. Es sólo debilidad. Espere un momento. Es mi mano la que se resiste y mi carne la que se encoge en presencia de ese objeto maldito. ¡Un momento tan sólo!

El viejo miró a Kokua afectuosamente.

—¡Pobre niña! —dijo—; tienes miedo: tu alma te hace dudar. Bueno, me quedaré yo con ella. Soy viejo y nunca más conoceré la felicidad en este mundo, y, en cuanto al otro...

—¡Démela! —jadeó Kokua—. Aquí tiene su dinero. ¿Cree que soy tan vil como para eso? Deme la botella.

—Que Dios te bendiga, hija mía —dijo el viejo.

Kokua ocultó la botella bajo su holoku, dijo adiós al anciano y echó a andar por la avenida sin preocuparse en saber en qué dirección. Porque ahora todos los caminos daban lo mismo, todos la conducían igualmente al infierno. Unas veces iba andando y otras corría; unas veces gritaba y otras se tumbaba en el polvo junto al camino y lloraba. Todo lo que había oído sobre el infierno le volvía ahora a la imaginación; contemplaba el brillo de las llamas, se asfixiaba con el acre olor del humo y sentía deshacerse su carne sobre los carbones encendidos.

Poco antes del amanecer consiguió serenarse y volver a casa. Keawe dormía igual que un niño, tal como el anciano le había asegurado. Kokua se detuvo a contemplar su rostro.

—Ahora, esposo mío —dijo—, te toca a ti dormir. Cuando despiertes podrás cantar y reír. Pero la pobre Kokua, que nunca quiso hacer mal a nadie, no volverá a dormir tranquila, ni a cantar ni a divertirse, en la tierra o en el cielo.

Después Kokua se tumbó en la cama al lado de Keawe, y su dolor era tan grande que cayó al instante en un sopor profundísimo.

Su esposo se despertó ya avanzada la mañana y le dio las buenas nuevas. Era como si la alegría lo hubiera trastornado, porque no se dio cuenta de la aflicción de Kokua, a pesar de lo mal que ella la disimulaba. Aunque las palabras se le atragantaran, no tenía importancia; Keawe se encargaba de decirlo todo. A la hora de comer no probó bocado, pero ¿quién iba a darse cuenta?, porque Keawe no dejó nada en su plato. Kokua lo veía y oía como si se tratara de un mal sueño; había veces en que se olvidaba o dudaba y se llevaba las manos a la frente; porque saberse condenada y escuchar a su marido hablando sin parar de aquella manera le resultaba demasiado monstruoso.

Mientras tanto Keawe comía y charlaba, hacía planes para su regreso a Hawai, le daba las gracias a Kokua por haberlo salvado, la acariciaba y le decía que en realidad el milagro era obra suya. Luego empezó a reírse del viejo que había sido lo suficientemente estúpido como para comprar la botella.

—Parecía un anciano respetable—dijo Keawe—. Pero no se puede juzgar por las apariencias, porque ¿para qué necesitaría la botella ese viejo réprobo?

—Esposo mío —dijo Kokua humildemente—, su intención puede haber sido buena.

Keawe se echó a reír muy enfadado.

—¡Tonterías! —exclamó acto seguido—. Un viejo pícaro, te lo digo yo; y estúpido como un asno. Ya era bien difícil vender la botella por cuatro céntimos, pero por tres será completamente imposible. Apenas queda margen y todo el asunto empieza a oler a chamusquina… —dijo, estremeciéndose—. Es cierto que yo lo compré por un centavo cuando no sabía que hubiera monedas de menos valor. Pero es absurdo hacer una cosa así; nunca aparecerá otro que haga lo mismo, y la persona que tenga ahora esa botella se la llevará consigo a la tumba.

—¿No es una cosa terrible, oh esposo mío —dijo Kokua—, que la salvación propia signifique la condenación eterna de otra persona? Creo que yo no podría tomarlo a broma. Creo que me sentiría abatido y lleno de melancolía. Rezaría por el pobre dueño de la botella.

Keawe se enfadó aún más al darse cuenta de la verdad que encerraban las palabras de Kokua.

—¡Tonterías! —exclamó—. Puedes sentirte llena de melancolía si así lo deseas. Pero no me parece que sea esa la actitud lógica de una buena esposa. Si pensaras un poco en mí, tendría que darte vergüenza.

Luego salió y Kokua se quedó solo.

¿Qué posibilidades tenía ella de vender la botella por dos céntimos? Ninguna, Kokua se daba cuenta de que no tenía ninguna. Y en el caso de que tuviera alguna, ahí estaba su marido empeñado en devolverla a toda prisa a un país donde no había ninguna moneda inferior al centavo. Y ahí —a la mañana siguiente después de su sacrificio— estaba su marido abandonándola y recriminándola.

Ni siquiera trató de aprovechar el tiempo que pudiera quedarle, se limitó a quedarse en casa, y unas veces sacaba la botella y la contemplaba con indecible horror y otras volvía a esconderla llena de aborrecimiento.

A la larga Keawe terminó por volver y la invitó a dar un paseo en coche.

—Estoy enferma, esposo mío —dijo ella—. No tengo ganas de nada. Perdóname, pero no me divertiría.

Esto hizo que Keawe se enfadara todavía más con ella, porque creía que le entristecía el destino del viejo, y consigo mismo, porque pensaba que Kokua tenía razón y se avergonzaba de ser tan feliz.

—¡Eso es lo que piensas de verdad —exclamó—, y ese es el afecto que me tienes! Tu marido acaba de verse a salvo de la condenación eterna a la que se arriesgó por tu amor y ¡tú no tienes ganas de nada! Kokua, tu corazón es un corazón desleal.

Keawe volvió a marcharse muy furioso y estuvo vagabundeando todo el día por la ciudad. Se encontró con unos amigos y estuvieron bebiendo juntos; luego alquilaron un coche para ir el campo y allí siguieron bebiendo. Keawe se sintió enfermo todo el tiempo, porque mientras él se divertía su esposa estaba triste, y porque sabía en su corazón que ella tenía más razón que él; y este conocimiento lo hacía beber aún más.

Uno de los que bebían con él era un brutal haole ya viejo que había sido contramaestre de un ballenero... y también prófugo, buscador de oro y convicto de varias prisiones. Era un hombre rastrero; le gustaba beber y ver borrachos a los demás; y se empeñaba en que Keawe tomara una copa tras otra. Muy pronto, a ninguno de ellos le quedó más dinero.

—¡Eh, tú! —dijo el contramaestre—, siempre estás diciendo que eres rico. Que tienes una botella o alguna tontería parecida.

—Sí —dijo Keawe—, soy rico; volveré a la ciudad y le pediré algo de dinero a mi mujer, que es la que lo guarda.

—Esa es una mala idea, compañero —dijo el contramaestre—. Nunca confíes tus dólares a una falda. Son todas tan falsas como el agua; no la pierdas de vista.

Aquellas palabras impresionaron mucho a Keawe, porque la bebida le había enturbiado el cerebro.

«No me extrañaría que fuera falsa —pensó—. ¿Por qué tendría que entristecerle tanto mi liberación? Pero voy a demostrarle que a mí no me engaña tan fácilmente. La pillaré con las manos en la masa.

De manera que cuando regresaron a la ciudad, Keawe pidió al contramaestre que le esperara en la esquina, junto a la cárcel vieja, y él siguió solo por la avenida hasta la puerta de su casa. Era otra vez de noche; dentro había una luz, pero no se oía ningún ruido. Keawe dio la vuelta a la casa, abrió con mucho cuidado la puerta de atrás y miró dentro.

Kokua estaba sentada en el suelo con la lámpara a su lado; delante había una botella de color lechoso, con una panza muy redonda y un cuello muy largo; y mientras la contemplaba, Kokua se retorcía las manos.

Keawe se quedó mucho tiempo mirando en la puerta. Al principio fue incapaz de reaccionar; luego tuvo miedo de que la venta no hubiera sido válida y de que la botella hubiera vuelto a sus manos como le sucediera en San Francisco; y al pensar en esto notó que se le doblaban las rodillas y los vapores del vino se esfumaron de su cabeza como la neblina desaparece de un río el amanecer. Después se le ocurrió otra idea; y era una idea tan extraña que le hizo arder las mejillas.

«Tengo que asegurarme de esto», pensó.

De manera que cerró la puerta, dio la vuelta a la casa y entró de nuevo haciendo mucho ruido, como si acabara de llegar. Pero cuando abrió la puerta principal, ay, ya no se veía la botella por ninguna parte; y Kokua estaba sentada en una silla y se sobresaltó como alguien que se despierta.

—He estado bebiendo y divirtiéndome todo el día —dijo Keawe—. He encontrado unos camaradas muy simpáticos y vengo sólo a buscar más dinero para seguir bebiendo y corriéndonos la gran juerga.

Tanto su rostro como su voz eran tan severos como los de un juez, pero Kokua estaba demasiado preocupada para darse cuenta.

— Haces muy bien en usar de tu dinero, esposo mío —dijo con voz temblorosa.

—Ya sé que hago bien todo —dijo Keawe, yendo directamente hacia el baúl y cogiendo el dinero. Pero también miró detrás, en el rincón donde guardaban la botella, pero ésta no estaba allí.

Luego se recobró un poco y se levantó; pero el sudor le corría por la cara tan abundante como si se tratara de gotas de lluvia y tan frío como si fuera agua de pozo.

—Kokua —dijo Keawe—, esta mañana me he enfadado contigo sin razón alguna. Ahora voy otra vez a divertirme con mis compañeros —añadió, riendo sin mucho entusiasmo—. Pero sé que lo pasaré mejor si me perdonas antes de marcharme.

Un momento después Kokua estaba cogida a sus rodillas y se las besaba mientras ríos de lágrimas corrían por sus mejillas.

—¡Sólo quería que me dijeras una palabra amable! —exclamó ella.

—Ojalá que nunca volvamos a pensar mal el uno del otro —dijo Keawe, y acto seguido volvió a marcharse.

No había cogido más dinero que parte de la provisión de monedas de un céntimo que consiguieran nada más llegar. Sabía muy bien que no tenía ningún deseo de seguir bebiendo. Puesto que su mujer había dado su alma por él,

Keawe tenía ahora que dar la suya por Kokua; no era posible pensar en otra cosa.

En la esquina, junto a la cárcel vieja, le esperaba el contramaestre.

—Mi mujer tiene la botella —dijo Keawe—, y si no me ayudas a recuperarla se habrán acabado el dinero y la bebida por esta noche.

—¿No querrás decirme que esa historia de la botella va en serio —exclamó el contramaestre.

—Pongámonos bajo el farol —dijo Keawe—. ¿Tengo aspecto de estar bromeando?

—Debe de ser cierto —dijo el contramaestre—, porque estás tan serio como sí vinieras de un entierro.

—Escúchame, entonces —dijo Keawe—; aquí tienes dos céntimos; entra en la casa y ofréselos a mi mujer por la botella y (si no estoy equivocado) te la entregará inmediatamente. Tráemela aquí y yo te la volveré a comprar por un céntimo; porque la ley de la botella indica que es preciso venderla por una suma inferior a la de la compra. Pero en cualquier caso no le digas una palabra de que soy yo quien te envía.

—Compañero, ¿no te estarás burlando de mí? —quiso saber el contramaestre.

—Nada malo te sucedería aunque fuera así —respondió Keawe.

—Tienes mucha razón, compañero —dijo el contramaestre.

—Y si dudas de mí —añadió Keawe—, puedes hacer la prueba. Tan pronto como salgas de la casa, no tienes más que desear que se te llene el bolsillo de dinero, o una botella del mejor ron o cualquier otra cosa que se te ocurra y comprobarás en seguida el poder de la botella.

—Muy bien, kanaka —dijo el contramaestre—. Haré la prueba; pero si te estás burlando de mí, te aseguro que yo me divertiré después de ti con una barra de hierro.

De manera que el ballenero se alejó por la avenida; y Keawe se quedó esperándolo. Era muy cerca de donde Kokua había esperado la noche anterior; pero Keawe estaba más decidido y no tuvo un solo momento de vacilación; sólo su alma estaba llena de amargura y desesperación.

Le pareció que llevaba ya mucho rato esperando, cuando oyó que alguien se acercaba, cantando por la avenida todavía a oscuras. Reconoció en seguida la voz del contramaestre; pero era extraño que repentinamente diera la impresión de estar mucho más borracho que antes.

El contramaestre en persona apareció poco después, tambaleándose bajo la luz del farol. Llevaba la botella del diablo dentro de la chaqueta y otra botella en la mano; y aún tuvo tiempo de llevársela a la boca y echar un trago mientras cruzaba el círculo iluminado.

—Bien —dijo Keawe—, ya veo que has logrado conseguirla.

—¡Quietas las manos! —gritó el contramaestre, dando un salto hacia atrás—. Si te acercas un paso más te parto la boca. Creías que ibas a poder utilizarme, ¿no es cierto?

—¿Qué quieres decir? —exclamó Keawe.

—¿Qué quiero decir? —repitió el contramaestre—. Que esta botella es una cosa extraordinaria, ya lo creo que sí; eso es lo que quiero decir. Cómo la he conseguido por dos céntimos es algo que no sabría explicar; pero sí estoy seguro de que no te la voy a dar por uno.

—¿Quieres decir que no la vendes? —jadeó Keawe.

—¡Claro que no! —exclamó el contramaestre—. Pero te dejaré echar un trago de ron, si quieres.

—Has de saber —dijo Keawe— que el hombre que tiene esa botella terminará en el infierno.

—Calculo que voy a ir a parar allí de todas formas —replicó el marinero—; y esta botella es la mejor compañía que he encontrado para ese viaje. ¡No, señor! —exclamó de nuevo—, esta botella es mía ahora y ya puedes ir buscándote otra.

—¿Es posible que esto sea verdad? —exclamó Keawe—. ¡Por tu propio bien, te lo ruego, véndemela!

—No me importa nada lo que digas —replicó el contramaestre—. Me tomaste por tonto y ya ves que no lo soy; eso es todo. Si no quieres un trago de ron me lo tomaré yo. ¡A tu salud y que pases buena noche!

Y acto seguido continuó andando camino de la ciudad, y con él también la botella desaparece de esta historia.

Pero Keawe corrió a reunirse con Kokua con la velocidad del viento; y grande fue su alegría aquella noche; y grande, desde entonces, ha sido la paz de todos sus días en la Casa Resplandeciente.

Título original: *The Bottle Imp*

LA ISLA DE LAS VOCES*

Keola estaba casado con Lehua, hija de Kalamake, el sabio de Molokai, y vivía en compañía del padre de su esposa. No había hombre más sagaz que aquel profeta; leía en las estrellas, podía adivinar mediante el cuerpo de los muertos y con la ayuda de los demonios; podía subir solo a las cimas más altas de la montaña, a la región de los trasgos, y allí tendía lazos para atrapar a los espíritus de los antiguos.

Por esta razón no había nadie a quien en todo el reino de Hawai se le consultase tanto como a él. Gran número de personas prudentes compraban y vendían, se casaban y disponían sus vidas siguiendo sus consejos; incluso el rey lo mandó ir dos veces a Kona para buscar los tesoros de Kamehameha. Tampoco había hombre más temido; de sus enemigos, algunos habían contraído enfermedades en virtud de sus encantamientos, y algunos habían desaparecido en cuerpo y alma, de tal modo que en vano podía buscar la gente un hueso de sus cuerpos. Corría el rumor de que tenía el arte o el don de los antiguos héroes. Algunos lo habían visto por las noches sobre las altas montañas, saltando de un risco a la otro; lo habían visto paseando en los altos bosques, y la cabeza y los hombros sobrepasaban la altura de los árboles.

---

* *National Observer*, febrero de 1893. Incluido en *Island Nights' Entertainments*, 1893.

Este Kalamake era un hombre de muy extraño aspecto. Procedía de la mejor sangre de Molokai y Maui, de un linaje puro; y sin embargo era más blanco que cualquier forastero; su pelo era del color de la hierba seca y sus ojos, rojizos, casi no veían, de modo que en las islas existía el proverbio siguiente: «Ciego como Kalamake, que puede ver más allá del mañana».

De todas estos hechos de su suegro, Keola sabía un poco por las habladurías del vulgo, un poco más lo sospechaba, pero ignoraba el resto. Pero una cosa le intrigaba. Kalamake era hombre nada tacaño, ni para beber ni para comer ni para vestir; y todo lo pagaba con nuevos y brillantes dólares. «Brillante como los dólares de Kalamake», era otro dicho en las Ocho Islas. Y con todo, él ni vendía ni plantaba ni cobraba rentas —sólo de vez en cuando algún dinero por sus brujerías— y no había un manantial concebible para tanta moneda de plata.

Sucedió un día que la esposa de Keola fue de visita a Kaunakakai, en la costa de sotavento de la isla, y que los hombres habían salido al mar de pesca. Pero Keola era un perro perezoso y se quedó tendido en la veranda, contemplando las olas chocar contra la costa y las aves volar sobre los riscos. Su pensamiento central era siempre el mismo: los dólares brillantes. Cuando se acostaba consideraba cómo era posible que fuesen tantos, y cuando se levantaba por la mañana se asombraba de que todos fuesen nuevos; de modo que aquel pensamiento no se le iba nunca de la cabeza. Pero aquel día estaba él seguro de descubrir algo. Porque parece que había descubierto el sitio donde guardaba Kalamake su tesoro, que era un escritorio cerrado con llave y apoyado en la pared del salón bajo el retrato de Kamehameha V y una fotografía de la reina Victoria el día de su coronación; y parece que la noche anterior había tenido ocasión de mirar dentro y ¡oh sorpresa!, el saco estaba vacío. Y esto fue el día del vapor; él veía el humo del *Kalaupapa*, que llegaría pronto con los pedidos mensuales, salmón en conserva, ginebra, y toda clase de extraños artículos de lujo para Kalamake.

«Pues si puede pagar hoy estos lujos —pensaba Keola—, estaré en lo cierto de que es un brujo y que los dólares salen del bolsillo del demonio.»

Mientras pensaba así, hete aquí que detrás de él estaba su suegro, con aspecto preocupado.

—¿Es el vapor? —preguntó.

—Sí —respondió Keola—, primero hará escala en Pelekunu y en seguida estará aquí.

—No hay remedio entonces —replicó Kalamake—, y debo hacerte una confidencia, Keola, a falta de otro mejor; ven adentro.

Entraron los dos a la sala, que era un aposento muy elegante, empapelado y cubierto de cuadros con láminas y amueblado con una mecedora, una mesa y un sofá de estilo europeo. Además había un estante con libros, una Biblia familiar sobre la mesa y el escritorio cerrado con llave apoyado en la pared; de modo que cualquiera podía comprender que el dueño de la casa era hombre adinerado.

Kalamake hizo que Keola cerrase los postigos de las ventanas, mientras que él cerraba las puertas y abría el escritorio, del que sacó un par de collares llenos de amuletos y conchas, un manojo de hierbas secas y una verde rama de palma.

—Lo que voy a hacer ahora —dijo— es algo maravilloso. Los antiguos eran hombres de sabiduría; hacían maravillas, y entre otras ésta; pero lo hacían de noche, en la oscuridad y bajo el fulgor de las estrellas, y en el desierto. Pero yo haré lo mismo en mi propia casa y a la luz del día.

Diciendo esto, puso la Biblia bajo el cojín del sofá de modo que estuviera bien tapada, sacó del mismo sitio un petate de un tejido muy fino y amontonó las hierbas y las hojas sobre arena en un perol de estaño. Y después él y Keola se pusieron los collares y se colocaron en los extremos opuestos del petate.

—Ya es hora —dijo el brujo—, no temas.

Entonces encendió las hierbas y empezó a murmurar y a agitar la rama de palma. Al principio había poca luz, porque los postigos estaban cerrados; pero las hierbas prendieron con fuerza y las llamas iluminaron a Keola, y todo el cuarto resplandeció; después el humo se elevó y le hizo dar vueltas la cabeza y nublar la vista, y oyó el sonido de los mascullados rezos de Kalamake. Y de pronto, el petate sobre el que ambos estaban sufrió un tirón o una sacudida, que pareció más rápida que un relámpago. En el mismo parpadeo desapareció de los ojos de Keola el cuarto, y la casa, y él perdió el aliento. Columnas luminosas giraban sobre su cabeza y en torno de su vista, y se encontró transportado a una playa del mar, bajo un sol abrasador y ante unas olas imponentes; él y el brujo estaban sobre el mismo petate, murmurando y gesticulando el uno hacia el otro y pasándose las manos por los ojos.

—¿Qué ha sido esto? —exclamó Keola, que volvió en sí el primero por ser más joven—. El dolor fue parecido a la muerte.

—Bah —resopló Kalamake—, eso ya no importa, ya ha pasado.

—Pero, en nombre de Dios, ¿dónde nos encontramos? —gritó Keola.

—Tampoco importa —replicó el hechicero—. Aquí tenemos el asunto entre las manos, y a ello debemos atender. Mientras recobro el aliento, ve al linde de ese bosque y tráeme tales y tales yerbas, y tales y tales ramas, que verás crecer allí en abundancia… tres manojos de cada una. Y date prisa. Debemos estar de vuelta antes que llegue el vapor, pues parecería extraño que hubiésemos desaparecido —y se sentó en la arena, jadeando.

Keola avanzó por la playa, que era de brillante arena y coral, sembrada de extrañas conchas; y pensó para sí:

«¿Cómo es posible que no conozca esta playa? Volveré otro día a recoger estas conchas.»

Frente de él se elevaba una hilera de palmeras contra el cielo; no eran palmeras de las Ocho Islas, pero eran altas, frescas y maravillosas, y las ramas secas colgaban como abanicos de oro entre el verde follaje.

«Es extraño que yo no haya encontrado antes esta arboleda —pensó en su interior—. Cuando haga calor vendré aquí a dormir. ¡Pero qué calor se ha levantado de pronto! —pues se ha de notar que en Hawai era invierno y el día había sido frío. Y pensó también—: ¿Dónde están las montañas grises? ¿Y dónde el alto risco con las selvas colgantes y las aves que giran encima?»

Y cuanto más lo pensaba, menos podía imaginar a qué parte de las islas había ido a caer.

En el borde de la arboleda, donde ésta se juntaba con la playa, crecía la hierba, pero el árbol pedido crecía más adentro. Mientras Keola se acercaba al lugar, vio a una joven que no llevaba sobre su cuerpo más que un cinturón de hojas.

«¡Caramba! —pensó Keola—, en esta parte del país no se preocupan gran cosa por el vestido.»

Y se detuvo, suponiendo que la joven lo veía y escaparía; pero viendo que ella seguía impávida, él se detuvo y empezó a canturrear en voz alta. Al oírlo, ella dio un salto, se puso pálida y miró hacia el lado donde estaba Keola, y su boca se quedó abierta con el alma llena de espanto; pero lo raro es que sus ojos no reposaban en Keola.

—¡Buenos días! —dijo éste—. ¡No se espante tanto, que no me la voy a comer! —pero apenas había abierto la boca, cuando la joven huyó entre la maleza.

«¡Costumbres raras!», pensó Keola y, sin pensar en lo que hacía, corrió tras ella.

La joven iba corriendo y gritando en una lengua que no se usa en Hawai, aunque algunas palabras eran idénticas, y él comprendió que llamaba y avisaba a otros. Y de pronto vio a más personas corriendo —hombres, mujeres y niños—, gritándose unos a otros como gente que huye de un incendio. Y entonces él también se llenó de temor y volvió al lugar donde esperaba Kalamake, llevándole las hojas. Le contó lo que había visto.

—No hagas caso —dijo Kalamake—. Todo esto es como sueño y sombras. Todo desaparecerá y será olvidado.

—Parecía que nadie me veía —dijo Keola.

—Y nadie te ha visto —replicó el brujo—. Podemos andar aquí a la luz del sol completamente invisibles por virtud de estos amuletos. Con todo, los demás pueden oírnos; y por esto es bueno hablar bajo, como yo lo hago.

Después se levantó y formó con piedras un círculo en torno del petate, y en el centro puso las hojas.

—Ahora tu labor —le dijo— será mantener las hojas ardiendo, alimentando el fuego poco a poco. Mientras que hacen llama (que sólo es un momento), yo haré mi diligencia; y antes que se oscurezcan las cenizas, el mismo poder que nos trajo nos llevará de nuevo. Ten lista la cerilla y llámame a tiempo, no sea que las llamas se apaguen y yo me quede aquí abandonado.

Tan pronto como prendieron las llamas, el brujo saltó como un ciervo fuera del círculo y comenzó a correr por la playa como un galgo recién salido del baño. Mientras corría, se detenía ligeramente para recoger conchas, y a Keola le pareció que al tomarlas relumbraban. Las hojas ardían con brillante llama que las consumía de prisa; y pronto Keola sólo tuvo un manojo de hierbas, y el brujo estaba lejos corriendo y deteniéndose.

—¡Vuelva! —le gritó Keola—. ¡Vuelva! Las hojas están acabándose.

Entonces Kalamake volvió, y si antes corría, ahora volaba. Pero por mucho que corría, las hojas se consumían más aprisa. La llama iba a extinguirse, cuando de un gran salto, fue a caer al centro del petate. El soplo de aire del salto apagó el fuego, y entonces desapareció la playa, el sol y el mar; y se hallaron de nuevo en la penumbra de la cerrada sala, estremeciéndose y cegados; y en el petate, entre ellos, había un montón de brillantes dólares. Keola corrió a abrir los postigos y vio al buque cabeceando majestuosamente cerca ya de tierra.

La misma noche, Kalamake llamó aparte a su yerno y le puso cinco dólares en mano:

—Keola —le dijo—, si eres hombre prudente (cosa que dudo) pensarás que dormiste esta tarde en la veranda, y que soñaste. Soy hombre de pocas palabras y quiero que los que me ayudan tengan poca memoria.

Kalamake no dijo ni una palabra más, ni se refirió otra vez al asunto. Pero todo daba vueltas en la cabeza de Keola… que si antes era ya perezoso, ahora ya no deseaba hacer nada.

«¿Para qué trabajar —se decía—, cuando tengo un suegro que hace dólares de las conchas del mar?»

Muy pronto gastó su parte. La invirtió en ropas elegantes. Y después se entristeció.

«Mejor —pensaba— hubiera sido comprarme una concertina, con la cual me hubiese entretenido todo el santo día.» Y empezó a sentirse vejado por Kalamake.

«Este hombre tiene alma de perro —pensaba—. Puede recoger dólares de la playa cuando le viene en gana, y deja que yo sufra por una concertina. Pues que tenga cuidado: yo no soy ningún chiquillo, soy tan listo como él y poseo su secreto.» Y después se quejó a su esposa Lehua de la conducta de su padre.

—No es bueno meterse con mi padre —respondió Lehua—. Es un hombre peligroso para estar en su contra.

—¡Pues yo me cuidaré de él! —replicó Keola; hizo chasquear los dedos—. Lo tengo cogido de la nariz. Puedo hacerle hacer lo que yo quiera —y refirió a Lehua la historia.

Pero ella meneó la cabeza.

—Puedes hacer lo que quieras —dijo—; pero seguro que en cuanto te opongas a mi padre no se volverá a oír hablar de ti. Mira lo que le pasó a esta persona, y a aquella; piensa en Hua, que era un noble de la cámara de representantes y que iba a Honolulú cada año; y no se encontró de él ni un hueso ni un cabello. Acuérdate de Kamau y de cómo adelgazó hasta quedar convertido en un hilo, de modo que su esposa lo podía levantar con una mano. Keola, en las manos de mi padre eres un niño; te cogerá con el pulgar y el índice y te devorará como a un camarón.

Keola tenía realmente miedo de Kalamake; pero también era bastante vanidoso, y estas palabras de su esposa lo excitaron.

—Perfectamente —respondió—, si eso es lo que piensas de mí, te mostraré que te equivocas de medio a medio.

Y se dirigió directamente a donde su suegro estaba sentado en la sala.

—Kalamake —dijo—, quiero una concertina.

—¿De veras? —dijo Kalamake.

—Sí —dijo Keola—, y se lo digo sin vueltas. Un hombre que puede recoger dólares en la playa, puede ciertamente proporcionarme una concertina.

—No creía yo que fueses tan osado —replicó el hechicero—. Pensaba que eras tímido, y no puedes imaginarte el placer que experimento al ver que me he engañado. Ahora empiezo a pensar que tengo necesidad de un ayudante y un sucesor en mi difícil negocio. ¿Una concertina? Tendrás la mejor que haya en Honolulú. Y esta noche, en cuanto sea oscuro, iremos tú y yo en busca del dinero.

—¿Volveremos a la playa? —preguntó Keola.

—¡No, no! —replicó Kalamake—; ahora debes empezar a conocer otros de mis secretos. La última vez te enseñé a recoger conchas; esta vez te enseñaré a atrapar peces. ¿Tienes bastantes fuerzas para echar al agua la barca de Pili?

—Creo que sí —replicó Keola—. ¿Pero por qué no llevamos la suya, que está ya a flote?

—Lo entenderás por completo antes de mañana —dijo Kalamake—. La barca de Pili es la que más adecuada a mis propósitos. De modo que si quieres nos encontraremos allí en cuanto anochezca; y, entretanto, silencio, porque no hay motivo para que nadie de la familia se entere de nuestro negocio.

Ni la miel era más dulce que la voz de Kalamake, y Keola apenas pudo contener su satisfacción.

«Hace semanas que podía yo haber tenido ya mi concertina —pensó—; en este pícaro mundo lo que hace falta es un poco de valor.

De repente vio que Lehua lloriqueaba y estuvo a punto de decirle que todo iba bien.

«Pero no —pensó—; esperaré hasta enseñarle la concertina; veremos qué hará entonces. Quizá comprenda que su marido es hombre con un poco de cabeza.»

En cuanto anocheció, suegro y yerno echaron al agua la barca de Pili y se hicieron a la vela. Había mar de fondo y un fuerte viento de sotavento; pero la barca era rápida, ligera y seca, y cortaba las olas. El brujo tenía una linterna, la que encendió y sostuvo pasando un dedo por la anilla; y ambos se sentaron en la popa y fumaron cigarros, de los que Kalamake siempre tenía una gran provisión, y hablaron como amigos de la magia y de las grandes sumas de dinero que podían hacer mediante su práctica, y de lo que habían de comprar primero y de lo que habían de comprar en segundo lugar; y Kalamake hablaba como un padre.

De repente miró a su alrededor, y luego elevó los ojos a las estrellas y hacia atrás a la isla, que apenas se veía ya en lontananza, y pareció considerar maduramente su posición.

—¡Mira! —dijo—, Molokai ya está lejos y detrás de nosotros, y Moui parece una nube; y por la orientación de esas tres estrellas sé que he llegado al sitio que deseaba. Esta parte del océano se llama Mar de los Muertos. Es un lugar del mar es muy profundo y el fondo está sembrado de huesos de hombres, y en las cuevas de esta parte habitan dioses y duendes. La corriente del mar se dirige hacia el norte, tan fuerte que ni un tiburón puede remontarla, y cualquier hombre que cayera aquí desde un navío sería arrastrado hacia el interior del océano con más rapidez que un caballo desbocado. Luego se iría al fondo, sus huesos quedarían esparcidos con los de los otros y los dioses devorarían su espíritu.

Al oír aquello, Keola se llenó de pavor y miró, y a la luz de las estrellas y de la linterna vio que el brujo parecía haber cambiado.

—¿Se siente mal? —exclamó Keola, rápido y cortante.

—No soy yo quien está mal —replicó el brujo—, pero hay uno aquí que está muy enfermo.

Diciendo esto cambió de mano la linterna y —¡oh sorpresa!— al quitar el índice de la anilla, el dedo se atascó e hizo estallar el anillo, pues su mano había crecido hasta tener el tamaño de un árbol.

Al ver aquello, Keola gritó y se cubrió el rostro.

Pero Kalamake levantó la linterna.

—¡Mírame a la cara! —dijo... y su cabeza era enorme como un tonel; y no obstante aún siguió creciendo y creciendo, como crece una nube sobre una montaña; y Keola seguía sentado ante él, gritando, y el bote se deslizaba rápido sobre las enormes olas.

—Y ahora —dijo el brujo—, ¿qué opinas de tu concertina? ¿No querrías mejor una flauta? ¿No? Está bien, no quiero que los de mi familia cambien tan fácilmente de idea. Pero creo que sería mejor en salir de esta miserable barca, porque crezco de manera extraordinaria y si no tenemos cuidado zozobrará.

Diciendo así, echó sus piernas por sobre la borda. Y aún entonces creció unas treinta o cuarenta veces el tamaño de un hombre, tan rápidamente como la vista o el pensamiento, de manera que estando de pie en el fondo del mar, la superficie de las aguas le llegaba a los sobacos, y su cabeza y hombros surgían como un islote; las olas le golpeaban el pecho y se rompían contra él, como azotan y baten un acantilado. La barca corría aún hacia el norte, pero el brujo alargó su mano, tomó la borda entre el índice y el pulgar, y quebró el costado como una galleta, y Keola fue precipitado al mar. Los trozos de la barca fueron hechos añicos en la palma de la mano del brujo y fueron arrastrados por la corriente en medio de la noche.

—Me dispensarás que me lleve la linterna —dijo—, pero tengo aún mucho que vadear y la tierra está lejos; el fondo del mar es desigual y siento los huesos de los muertos bajo los dedos de mis pies.

Y se volvió, alejándose a grandes zancadas; y tan pronto como Keola se hundió ya no pudo verlo más; pero cuando fue levantado sobre la cresta de una ola, lo vio allí, moviéndose a zancadas y haciéndose cada vez más pequeño, con la linterna sobre su cabeza y las blancas olas que se rompían a su alrededor, mientras avanzaba.

Desde que las islas surgieron del fondo del mar, jamás hubo hombre tan espantado como Keola. Nadaba ciertamente, pero nadaba como nadan los cachorros que se arrojan al agua para que se ahoguen, sin saber hacia dónde. No podía pensar en otra cosa que en el enorme crecimiento del brujo, en su rostro tan grande como una montaña, en aquellos hombros tan anchos como una isla y en las olas que le golpeaban en vano. Pensaba también en la concertina, y la vergüenza lo inundó; y al pensar en los huesos de los muertos, le entró aún más temor.

De pronto se dio cuenta de una masa oscura que se balanceaba contra el cielo; vio una luz y un resplandor que surcaba las aguas y oyó voces de hombres. Gritó y una voz le respondió; y al momento las amuras de un barco que se balanceaba sobre una ola colgaron sobre él, y luego se precipitaron. Se asió con ambas manos a las cadenas del ancla y en un momento, de estar enterrado en las aguas agitadas, pasó a ser izado a bordo por los marineros.

Éstos le dieron ginebra y galleta y ropa seca, y le preguntaron cómo había llegado a donde lo habían encontrado, y si la luz que habían visto era la del faro de Lae o de Ka Laau. Pero Keola sabía que los blancos son como los niños y sólo creen sus propios relatos; de modo que, respecto de sí mismo, les dijo lo que bien le pareció, y con respecto de la luz (que era la linterna de Kalamake) dijo que él no había visto ninguna.

Aquel barco era una goleta rumbo a Honolulú, para después ir a comerciar en las islas bajas; y para suerte de Keola, había perdido un hombre que había caído del bauprés en una tormenta. No convenía hablar. Keola no se atrevía a seguir en las Ocho Islas. Las palabras se escapan tan rápidamente, y a los hombres les gusta tanto charlar y contar noticias, que aunque se escondiese en el extremo norte de Kauai o el extremo sur de Kaü, el brujo oiría hablar de él antes de un mes, y estaría perdido. De modo que hizo lo que le pareció más prudente y se quedó como marinero en el lugar del hombre que se había ahogado.

En algunos aspectos el buque era un buen refugio. La comida era muy abundante y sustanciosa, con galleta y cecina cada día, y sopas de guisantes y pudines de harina y grasa dos veces a la semana, de manera que Keola engordó bastante. El capitán era un buen hombre y la tripulación no era peor que otras de blancos. Lo peor era el contramaestre, el hombre más difícil de contentar que había visto jamás Keola, y que le pegaba y maldecía diariamente y a toda hora, por lo que hacía y por lo que dejaba de hacer. Los golpes eran muy duros, porque el contramaestre era hombre fuerte; y las palabras que usaba eran muy desagradables para Keola, que venía de buena familia y estaba acostumbrado el respeto. Y lo que era peor de todo, siempre que Keola tenía ocasión de reposar y dormir un poco, el contramaestre iba a despertarlo en seguida a golpes de verga. Keola comprendió que no podría aguantar aquello y se decidió a escapar.

Haría un mes que habían zarpado de Honolulú cuando vieron tierra. Era una noche tranquila y estrellada, y el mar estaba tan sosegado y bello como el cielo; soplaba un alisio continuo y la isla se erguía por barlovento presentando hacia el mar una faja de palmeras en toda la extensión de la costa. El capitán y el contramaestre la observaron con lentes nocturnos, y le dieron un nombre, y hablaron de ella cerca de la rueda del timón en la que se encontraba entonces Keola de guardia y siguiendo el rumbo marcado. Parecía que era una isla a la que no se acercaban barcos mercantes. Según el capitán, no vivía nadie en ella; pero el contramaestre opinaba lo contrario.

—No me fío de las guías de comercio —dijo—. Pasé una noche cerca de ella con la goleta *Eugenie*: era una noche como ésta; había mucha gente pescando con antorchas y en la playa había tantas luces como en una ciudad.

—Bueno, bueno —respondió el capitán—; lo más importante es que es demasiado escarpada; y la carta no marca ningún peligro, de modo que nos acercaremos por la parte de sotavento. ¡Evita el cabeceo! ¿No te lo he dicho? —gritó a Keola, que los estaba escuchando con tal atención que se había olvidado del timón.

El contramaestre lo maldijo y juró y perjuró que el canaco no valía para nada, y que si cogía una buena soga, sería un mal día para Keola.

Y así el capitán y el contramaestre se tendieron sobre la cámara, y Keola se quedó solo.

—Esta isla me viene de primera —pensó—; si no se acercan a ella buques mercantes, el contramaestre tampoco irá allí nunca. Y en cuanto a Kalamake, no es posible que venga tan lejos.

Y con esto en mente dirigió la goleta hacia la playa. Había de hacer aquella operación con rapidez, porque con aquellos blancos y, sobre todo con aquel contramaestre, todas las precauciones eran pocas; puesto que aunque dormían, o lo aparentaban, si una vela se sacudía, se levantarían y lo espabilarían a latigazos. Por esto Keola desvió el rumbo de la goleta poco a poco, hasta que de pronto la tierra estuvo cercana y el ruido del mar a los lados del buque se hizo más intenso.

Entonces el contramaestre se sentó de repente sobre la cámara.

—¿Qué haces? —rugió—. ¡Vas a encallar el barco!

Y dio un salto hacia Keola, y Keola dio otro por encima de la borda y se hundió en el brillante mar. Cuando volvió a la superficie, la goleta había recobrado ya su rumbo, con el contramaestre al timón en persona, a quien oyó todavía Keola maldecir. El mar estaba tranquilo al socaire de la isla; y además templado, y Keola llevaba su cuchillo de marinero, de modo que no temía a los tiburones. Frente a él cesaban los árboles y en la línea de tierra había una boca como la entrada de un puerto; y la marea, que subía entonces, lo arrastró por ella. En un minuto se encontraba afuera y al siguiente adentro, flotando en una amplia garganta de agua, brillante con el reflejo de diez mil estrellas, y a su alrededor había un anillo de tierra con su faja de palmeras. Y quedó asombrado, porque jamás había oído hablar de una isla semejante.

La estancia de Keola en aquel lugar tuvo dos períodos: el período en que estuvo solo, y el período en que vivió con la tribu. Al principio buscó en todas direcciones y no encontró ser humano; sólo una aldehuela en la que había varias casas y algunos restos de hogueras. Pero las cenizas estaban frías y esparcidas por la lluvia; y algunas de las chozas derrumbadas por el viento. Allí estableció Keola su morada; hizo un fogón, y un anzuelo de concha, y así pescó y cocinó su pesca; luego trepó a las palmeras y cogió verdes cocos, y bebió su agua, porque en toda la isla no la había natural. Los días se le hicieron muy largos y las noches terroríficas. Con una cáscara de coco hizo una lámpara, y extrajo aceite de los cocos maduros, y de la fibra hizo una mecha; y cuando se hacía de noche se encerraba en su choza y encendía su lámpara, se acostaba y temblaba hasta que amanecía. Muchas veces pensó en su interior que habría estado mejor en el fondo del mar, mezclados allí sus huesos con los de los otros.

Todo este tiempo se mantuvo en el interior de la isla, porque las chozas estaban a orillas de la laguna, y allí había abundante y buen pescado. Y a la parte exterior sólo fue una vez, y miró a la playa del mar y se volvió temblando. El aspecto de aquella playa, con su arena brillante y las conchas de que estaba sembrada, y el ardiente sol y la resaca le produjeron una terrible aprensión.

«No puede ser —pensaba—, y, sin embargo, es muy parecida. ¿Y yo qué sé? Esos blancos, aunque pretenden saber por dónde navegan, se pueden equivocar como todo el mundo. Después de todo, puede ser que hayamos navegado en círculo y tal vez esté muy cerca de Molokai, y esta playa sea la misma en la que mí suegro recoge sus dólares.»

De modo que desde entonces fue prudente y se mantuvo tierra adentro.

Cosa de un mes después llegó la gente de aquel lugar... en seis grandes barcas repletas. Era una hermosa raza de hombres y hablaban una lengua de muy diferente sonido de la de Hawai, aunque tenía muchas palabras idénticas, de modo que no resultó difícil entenderse con ellos. Además los hombres eran muy corteses y las mujeres muy complacientes; y saludaron a Keola, y le hicieron una casa, y le dieron una esposa; y, lo que más le sorprendió fue que nunca le enviaban a trabajar con los jóvenes.

Y la vida de Keola tuvo ahora tres períodos. Primero estuvo un período en que estuvo muy triste, y depués un período que estuvo muy alegre. Por último, el tercer período, fue el hombre más aterrorizado de los cuatro océanos.

La causa del primer período fue la esposa que le dieron. Si dudaba de la isla y podía dudar del lenguaje de sus moradores, del que tan poco había oído cuando había estado en ella con el brujo sobre el petate, de su esposa no podía dudar, porque era cabalmente la misma joven que delante de él había huido gritando por el bosque. De modo que había navegado en vano, y tanto le valía haberse quedado en Molokai; había abandonado hogar y esposa, y a todos sus amigos, sólo para escapar de su enemigo, y el lugar donde había ido a refugiarse era el campo de caza del brujo, y la playa aquella era donde aquél caminaba invisible. En este período fue cuando vivió con más anhelo cerca de la laguna, casi sin atreverse a salir del abrigo de su choza.

La causa del segundo período fue la conversación que oyó de su esposa y de los jefes isleños. Keola por su parte hablaba poco. No estuvo nunca muy seguro de sus nuevos amigos, porque los veía demasiado corteses para que fuesen sinceros, y desde que había trabado amistad más profunda con su suegro, se había vuelto más prudente. Por esto no les dijo nada de sí mismo, fuera de su nombre y familia, y de que venía de las Ocho Islas, y que éstas eran muy hermosas; y les habló del palacio del rey en Honolulú, y de como él era un jefe amigo del rey y de los misioneros. Pero hizo muchas preguntas y aprendió mucho. La isla en que se encontraban se llamaba Isla de las Voces; pertenecía a la tribu, pero ésta vivía en otra isla a tres horas de navegación hacia el sur, donde tenían sus casas permanentes, y era una isla rica, donde había huevos, gallinas y cerdos, y adonde arribaban barcos mercantes con ron y tabaco. Allí es donde había arribado la goleta después de que la abandonó Keola; y allí había muerto también el contramaestre, como necio blanco que era; porque cuando llegó la goleta empezaba la estación enfermiza de la isla, cuando los peces de la laguna se vuelven venenosos, y cuantos los comen se hinchan y mueren. Dijeron esto al contramaestre; éste vio los botes preparados para la marcha, porque en dicha estación la tribu abandona la isla y se hace a la vela hacia la Isla de las Voces; pero era un blanco insensato, que no creía más historias que las suyas, y pescó un pez, lo cocinó y lo comió, y se hinchó y murió, lo que fue una buena noticia para Keola. En cuanto a la Isla de las Voces, estaba solitaria la mayor parte del año, sólo de vez en cuando venía algún bote por copra, y en la estación mala, cuando los peces se tornan venenosos en la isla principal, toda la tribu iba a vivir en ella. El nombre lo debía a una maravilla, porque parecía que el lado del mar de la isla estaba plagado de demonios invisibles; día y noche se los oía hablar entre sí con lenguas extrañas; día y noche se veían encenderse y apagarse pequeñas hogueras sobre la playa; y nadie podía concebir cuál era la causa de aquello. Keola les preguntó si sucedía lo mismo en la otra isla donde vivían de asiento, y le respondieron que no, que allí no, ni tampoco en ninguna de las cien islas de aquel mar, sino que aquello era peculiar de la Isla de las Voces. Le dijeron que aquellos fuegos y voces se oían siempre en la playa y en los lindes marinos del bosque, pero que cerca de la laguna podría un hombre vivir dos mil años (si tanto alcanzara su vida) sin sufrir ninguna molestia de aquéllas; y que, aun en la playa los demonios no hacían daño si se los dejaba en paz. Solamente una vez un jefe había lanzado un venablo contra una de las voces, y la misma noche se cayó de una palmera y quedó muerto.

Keola reflexionó un buen rato. Vio que estaría seguro cuando la tribu se volviese a la isla principal, y que no tendría nada que temer donde estaba, si se mantenía cerca de la laguna, y no obstante quiso estar más seguro. De modo que dijo al jefe principal que él había estado en cierta ocasión en una isla que padecía de semejante inconveniente y que el pueblo había encontrado un medio de librarse de aquel mal.

—Crecía allí un árbol entre la maleza —dijo—, y parece que los demonios iban a coger las hojas de él. De modo que el pueblo de la isla cortó todos aquellos árboles y los demonios no acudieron nunca más.

Le preguntaron qué árbol era aquél y él les mostró el árbol del que Kalamake había quemado hojas. Y aunque les pareció increíble, sin embargo la idea les interesó. Noche tras noche los ancianos la discutían en sus consejos, pero el jefe principal (aunque era un hombre valiente) tenía temor de aquel asunto y les recordaba cada día al jefe que arrojó un venablo contra una de las voces y fue luego muerto, y aquel recuerdo los contenía.

Aunque no pudo llevar a cabo la destrucción de los árboles, Keola estaba bastante contento y comenzó a disfrutar de sus días; y, entre otras cosas, fue más amable con su esposa, de modo que ésta comenzó a amarlo con pasión. Un día al llegar él a la choza, la encontró en el suelo llorando.

—¿Qué te sucede ahora? —le preguntó Keola.

Ella le respondió que no era nada.

Esa misma noche lo despertó. La lámpara apenas ardía, pero él vio que su rostro denotaba un gran dolor.

—Keola —le dijo—, pon tu oído en mi boca para que te hable sin que nadie nos oiga. Dos días antes de que empiecen a disponer las barcas para la partida, vete a la costa y escóndete en un matorral. De antemano escogeremos ambos el sitio; y esconderemos alimentos; y cada noche yo iré por allí cerca cantando. De modo que cuando una noche no me oigas, podrás salir con seguridad, porque será prueba de que nos habremos marchado ya de la isla.

El alma de Keola murió en su interior.

—¿Qué es esto? —exclamó—. Yo no puedo vivir entre los demonios. No es posible que me quede abandonado en esta isla. Estoy deseando abandonarla.

—No la abandonarás nunca vivo, mi pobre Keola —respondió la joven—; porque, para decirte la verdad, mi gente es caníbal; pero esto lo mantienen en secreto. Y la razón de que te maten antes de que nos marchemos es porque a la isla principal llegan barcos, y Donat-Kimaran viene y habla con los francéses, y hay allí un comerciante blanco en una casa con una veranda, y un catequista. ¡Oh, aquél es un lugar precioso en verdad! El comerciante tiene barriles llenos de harina; y una vez fue allí un barco de guerra francés, y entró en la laguna y dio a todos vino y galleta. Ah, mi pobre Keola; ojalá que te pudiese yo llevar allá, porque siento un gran amor por ti, y aquel país es el más precioso de todos los mares, excepto Papeete.

De modo que ahora Keola fue el hombre más aterrorizado del mundo. Había oído hablar de los caníbales de las islas del Sur, y siempre le había causado horror; y hete aquí que estaban golpeando a su puerta. Además, por ciertos viajeros, se había enterado de sus costumbres y, de que, cuando quieren comerse a uno, primero lo cuidan y lo alimentan como una madre a su hijo favorito. Y vio que esto era lo que habían hecho con él, porque le habían dado casa, alimentos y esposa, librándolo de todo trabajo; y comprendió por qué los ancianos y los jefes discurrían con él como con persona de peso. Así es que se tendió en su lecho, se lamentó de su destino y la carne se le heló en las venas.

Al día siguiente los de la tribu se mostraron con él tan corteses como de costumbre. Eran hombres elocuentes, y hacían hermosa poesía, y durante la comida mantenían conversaciones ingeniosas y bromeaban tan ingeniosamente, que un misionero se hubiera muerto de risa oyéndolos. Pero a Keola maldito lo que le importaban sus finos modales; no veía sino los blancos dientes relucientes en sus bocas, y sentía un nudo en la garganta, y mientras comían, salió y se tendió en la maleza como un muerto.

Al otro día ocurrió lo mismo, y entonces su esposa lo siguió.

—Keola —le dijo—, si no comes, te digo sencillamente que te matarán y asarán mañana. Algunos de los jefes ancianos murmuran ya, pues piensan que has enfermado y temen que pierdas carnes.

Entonces Keola se irguió airado.

—Bueno, tanto me da lo uno como lo otro —dijo—. Estoy entre la espada y la pared. Puesto que debo morir acabaré lo más pronto posible; y si he de ser comido prefiero que me coman los trasgos y no los hombres. Adiós —dijo, y separándose de su esposa se dirigió a la playa del lado del mar.

Estaba ésta inundada de sol ardiente; no se veían señales de ser humano, pero en la arena aparecían pisadas y en torno suyo, mientras él avanzaba, las voces hablaban y susurraban; y pequeñas hogueras se encendían y apagaban. Allí se hablaban todas las lenguas de la tierra: francés, holandés, ruso, tamil, chino. De todos los países donde era conocida la hechicería, había gente allí susurrando en el oído de Keola. Aquella playa estaba más animada que una feria, y con todo no se veía a nadie; y mientras Keola andaba veía que las conchas se desvanecían a su vista, y no veía a los que las levantaban. Creo que el demonio en persona hubiese tenido miedo de estar solo con semejante compañía; pero Keola estaba más que espantado con el otro peligro y se arriesgaba a la muerte. Cuanto veía una hoguera echaba a correr hacia ella como un toro. Entonces sonaban acá y acullá voces incorpóreas; manos invisibles vertían puñados de arena sobre las llamas y desaparecían de la playa antes de que él las alcanzase.

«Está claro que Kalamake no está aquí —pensó—, o de lo contrario ya me habría matado.»

Se sentó, pues, en el linde del bosque, porque estaba fatigado, y apoyó su barbilla en ambas manos. Ante sus ojos continuaba la misma escena; la playa resonaba de voces y los fuegos se encendían y se apagaban, y las conchas desaparecían y eran renovadas nuevamente aun estando él mirándolas.

«El día que estuve aquí —pensó— se conoce que era un día especial, porque no oí nada de esto.

Y su cabeza enloquecía de pensar en aquellos millones y millones de dólares, y en aquellos cientos y cientos de personas que iban a buscarlos a la playa, y que volaban luego por los aires más alto y de prisa que las águilas.

—¡Y pensar que me han engañado con historias sobre la acuñación de monedas —dijo—, cuando es evidente que todas del mundo salen de estas arenas! ¡Pero ahora ya lo sé para otra ocasión!

Y por fin, no supo cómo ni cuándo, Keola se quedó dormido y se olvidó de la isla y de todas sus penas.

Al amanecer del día siguiente, antes de que estuviese alto el sol, le despertó un gran rumor. Se atemorizó mucho, porque pensó que la tribu le había descubierto, pero no era así. Solamente, en la playa, las voces incorpóreas se gritaban unas a otras, y parecía que todas pasaban junto a él, bordeando la costa de la isla.

«¿Qué pasa ahora?», pensó Keola. Y era evidente que ocurría algo extraordinario, pues no se encendían hogueras ni desaparecían las conchas, pero las voces incorpóreas seguían avanzando por la playa, y gritando y extinguiéndose; y otras las seguían, y por el tono se conocía que aquellos brujos debían de estar enfadados.

«No es conmigo que están encolerizados —pensó Keola—, puesto que pasan cerca de mí sin verme.»

Como cuando una jauría de galgos corre tras su presa, o los caballos en una carrera, o la gente de una ciudad acude a un incendio, y todos los hombres se reúnen y siguen a los otros, así le sucedió entonces a Keola; y, sin saber lo que hacía ni por qué, ¡hete aquí que echó a correr tras las voces!

Dobló, pues, una punta de la isla, y desde allí vio otra; y recordó que era allí, junto al bosque, donde crecían los árboles de los brujos. De esta segunda punta surgía un barullo indescriptible de voces; y aquellas con quienes Keola corría se dirigían hacia allí. Cuando estuvo un poco más cerca, oyó entre la gritería el rumor de muchas hachas. Entonces comprendió que el jefe principal de la tribu había por fin consentido en lo que él había propuesto; que los hombres de la tribu se habían puesto a cortar los árboles, y que la noticia había corrido de brujo en brujo por la playa, reuniéndose por fin todos para defender sus árboles. El deseo de presenciar cosas extrañas se apoderó de Keola, por lo cual, siguiendo a las voces, cruzó la playa y llegó al linde del bosque, y allí se detuvo, asombrado. Un árbol había ya caído, otros se tambaleaban. Allí estaba toda la tribu. Los hombres se hallaban agrupados, espalda con espalda. Había algunos caídos, la sangre corriendo entre sus pies. Sus rostros denotaban un espanto indecible; sus voces se elevaban al cielo tan agudas como el chillido de una comadreja.

¿Habéis visto un niño cuando está solo y tiene una espada de madera y lucha saltando y acometiendo al aire? Pues eso hacían los caníbales que se defendían espalda con espalda, agitando sus hachas y cayendo, gritando cuando lo hacían, ¡y no se veía a nadie luchando con ellos!; sólo de vez en cuando Keola veía un hacha que se blandía en el aire, sin manos, contra ellos; y de vez en cuando un hombre de la tribu caía partido en dos o destrozado, y su alma le abandonaba aullando.

Durante un rato Keola contempló este prodigio como uno que sueña, y después se apoderó de él un temor mortal y se dispuso a huir. En aquel mismo momento el jefe principal de la tribu lo vio y le hizo señas, llamándolo por su nombre. Entonces toda la tribu lo vio también, y los ojos de todos relucieron mientras rechinaban los dientes.

«Llevo demasiado tiempo aquí», pensó Keola, y escapó del bosque playa abajo sin mirar a dónde.

—¡Keola! —gritó una voz muy cercana, en la desierta arena.

—¡Lehua! ¿Eres tú? —gritó él, y jadeó y abrió más los ojos para verla; pero en vano, porque la vista le confirmó que estaba completamente solo.

—Te vi pasar antes —respondió la voz—, pero no me hubieses oído. ¡Rápido!, trae las hojas y las hierbas, y huyamos.

—¿Tienes el petate? —preguntó él.

—Sí, aquí, a tu lado —dijo ella. Y sintió sus brazos en el cuello— ¡Rápido! ¡Las hojas y las hierbas, antes de que mi padre vuelva!

Keola corrió por su vida en busca del combustible del brujo; y Lehua le guió hacia el sitio, lo puso sobre el petate y encendió la hoguera. Durante el tiempo que ésta ardió, escuchó él ruido de la batalla del bosque; brujos y caníbales luchaban denodadamente; los brujos, invisibles, rugían como toros salvajes en la montaña, y los hombres de la tribu respondían con aterrados gritos que manifestaban el gran espanto de sus almas. Y todo el tiempo en que ardieron, Keola estuvo escuchando, y se estremecía, y veía cómo las invisibles manos de Lehua echaban las hojas. Las echó pronto, y la llama subió alta y chamuscó las manos de Keola; y ella se apresuró y aceleró la combustión con su aliento. Se consumió la última hoja, se apagó la llama, siguió la sacudida, y Keola y Lehua se encontraron en la habitación de su casa.

Cuando Keola pudo ver a su esposa se sintió muy complacido, y tuvo un gran placer de hallarse de nuevo en su hogar, en Molokai y de sentarse a comer un cuenco de poi —porque no había poi a bordo de los barcos, y tampoco los había en la Isla de las Voces—, y no cabía en sí de alegría de pensar que había escapado de los caníbales. Pero el otro asunto no estaba aún claro, y Lehua y Keola hablaron de ello toda la noche y se sintieron preocupados. En la isla había quedado Kalamake. Si, por la gracia de Dios, no podía salir de allí, todo iría bien; pero si podía escapar y volver a Molokai, sería un mal día para su hija y el esposo de ésta. Hablaron de su facultad de hincharse y de si podría atravesar vadeando los mares. Pero Keola sabía ahora dónde estaba aquella isla, es decir, en el Archipiélago Bajo o Peligroso. De modo que cogieron un atlas y miraron en el mapa la distancia, y les pareció que era muy larga para que la pudiese salvar a pie un anciano caballero. Con todo, no podía uno estar seguro de un brujo tan taimado como Kalamake, por lo cual decidieron pedir consejo a un misionero blanco.

De modo que Keola narró todo lo sucedido al primer misionero que encontró. Y éste le reprendió mucho por haber tomado una segunda esposa en la isla baja; pero, de todo lo demás, dijo que no entendía ni una palabra.

—No obstante —añadió—, si piensa que ese dinero de su suegro es mal adquirido, le aconsejo que lo repartas entre los leprosos y el fondo de la misión. Y en cuanto a toda esa extraordinaria monserga, lo mejor que puede hacer es guardarla en secreto.

Pero el misionero advirtió a la policía de Honolulú que, por todo lo que sabía, Kalamake y Keola habían estado acuñando moneda falsa, y que no estaría de más que los vigilasen.

Keola y Lehua siguieron su consejo y dieron muchos dólares para los leprosos y la fundación. Y no hay duda de que aquel consejo fue excelente, puesto que desde aquel día hasta la fecha no se ha vuelto a oír nada de Kalamake. ¿Pero quién puede saber si lo mataron en la batalla junto a los árboles o si está aún corre que se las pela en la Isla de las Voces?

Título original: *The Isle of Voices*

ÍNDICE